S. FISCHER

Silvia Bovenschen

Lug und Trug und Rat und Streben

Roman

S. FISCHER

MIX
Papier aus verantwortungsvollen Quellen
FSC® C014496

Erschienen bei S. FISCHER

Satz: Pinkuin Satz und Datentechnik, Berlin
Druck und Bindung: GGP Media GmbH, Pößneck
Printed in Germany
ISBN 978-3-10-397355-6

Meinen ungewöhnlich duldsamen Eltern.
Ein verspäteter Dank.

»Die Lüge hat sich wahr gelogen.«
Günther Anders

Teil I

Die Belehrung

Und dann kamen sie zurück.
Und dann vermehrten sie sich.
Und dann lebten sie das ihnen gemäße Leben.
Und dann schien Frieden.
Und dann war Krieg.

So wird es erzählt

Sagte der Greis: … und alsbald machten sich unsere Vorväter eilends auf und suchten ihr Heil in allen Teilen der Welt. Sie liefen und liefen und liefen.
Durch die Wälder, durch die Sümpfe, durch die Stürme, durch die Zeiten.
Sagte der Junge: … und warum wollten diese Monster uns ausrotten damals?
Sagte die gute Tante: Sie hatten die Ängste und bösen Träume mit uns bestückt und sich allerlei schaurige Mären erdacht. Die haben sie von Generation zu Generation weitergesponnen. Ein riesengroßes Lügengespinst … Aber das verstehst du noch nicht.
Sagte der Greis: Böse, böse, sehr böse.

Agnes Lupinski

Agnes Lupinski verstand sich nicht mehr.
Warum nur war sie so ruhelos? Warum war sie so verstört?
Warum strich sie ziellos durch die Räume? Was trieb sie an?
Was trieb sie um?
Was trieb sie hin?
Was trieb sie her?
Was, um Himmels willen, trieb sie?

Verdammt nochmal, was war denn das mit ihr?
War es die SMS?
»Komme Dienstag. Gruß, Ulli«
Mehr nicht.
Eine Mitteilung. Sehr knapp. Harmlos.
Eine abwinkende Handbewegung.
Kein Grund zur Beunruhigung.
Ein fahriger Griff zum Kopf.
Kopfschmerzen. Den ganzen Morgen schon.
Wenn da wenigstens stünde, ob auch Max …
Agnes schmiss sich auf den Küchenstuhl. Sie lehnte sich zurück, rutschte vor mit dem Gesäß fast bis zur Stuhlkante, streckte die Beine aus, weit gespreizt, und ließ die Arme beidseitig herunterhängen.
Ihr war bewusst, dass sie in diesem Moment nicht sonderlich vorteilhaft aussah.
Unwichtig. Es war ja niemand anwesend. Und dennoch, sie wusste sich deutlich in einem – auch für sie selbst – befremdlichen Zustand.
Die Haare müsste sie waschen. Das hatte sie sich gestern schon vorgenommen. Die Fingernägel?

Sie spreizte die Finger der rechten Hand und hielt sie sich vor die Augen.
Die Nägel – zu lang, der Lack – schadhaft.
Sie schloss die Augen.
Kopfschmerzen.
Ein merkwürdiger Tag. Nicht dramatisch, niemand war gestorben, niemand hatte eine fürchterliche Diagnose hören müssen, niemand hatte einen Unfall.
Kopfschmerzen.
Ob sie noch eine Tablette nehmen sollte? Das wäre dann die dritte heute schon. Wohin hatte sie die Schachtel gelegt? Sie mochte nicht aufstehen und suchen.
Aber merkwürdig war er doch, dieser Tag. Ein Verschleißtag. Ein beschissener, verschlissener Tag.
Es begann mit der elektrischen Zahnbürste, die schon am Morgen unter rasselndem Protest den Geist aufgab. Dann, als sie eine E-Mail an Ulli schrieb, stürzte der Computer ab, und er war auch nach etlichen Neustartbemühungen nicht zu weiterer Arbeit zu bewegen. Mehr wusste sie nicht zu tun in diesem digitalen Problemfall. Sie würde um Hilfe bitten müssen. Ulli oder Frederic.
Etwas später streikte die Spülmaschine, dann gab der Kühlschrank seinen Geist auf, und als schließlich auch der Staubsauger nicht funktionierte, war sie bereit gewesen, an einen Fluch zu glauben.
Aber das war natürlich Unsinn. Da gab es eine plausible Erklärung. Die Gerätschaften hatten ihr vorbestimmtes Alter erreicht. Acht – sie überlegte – nein sogar neun Jahre waren ins Land gegangen, seit sie ihr altes Mobiliar hier platziert hatte. Nur die Geräte hatte sie teils ersetzt, teils erstmalig angeschafft.

Ja, klar, deren Ableben war Programm. Sollbruchstellen. Das hatte ihr mal jemand erklärt. Eingebaute Schwächen, die garantieren, dass das Elektroding nach einer gewollten Frist irreparabel verreckt.
Sollbruchstellen. Ob es die auch im menschlichen Sein gab …? Eine künstlich verknappte Lebenszeit …? Wer könnte dieses Sollen wollen? Sie war nicht gläubig. Sie schüttelte den Kopf. Unsinn!
Sie schüttelte nochmals den Kopf.
Aber sie spürte – wie könnte sie sich das verdeutlichen? – so etwas wie einen feinen Riss im Gebäude ihrer Alltäglichkeit. Eine diskrete Störmeldung, diskret zwar, aber doch unabweisbar. Eine leise bohrende Beunruhigung, die sich an ihren Nervenbahnen voranarbeitete.
Kopfschmerzen.
Sie fühlte sich gedrängt, kleine Klagelaute abzugeben –, aber das würde sie nicht tun.
Nein, das würde sie nicht tun.
Selbstverständlich nicht.
Lächerlich.

Agnes Lupinski ist müde

Ein Anruf unterbrach ihre Empfindungen. Besser: den schlappen Versuch einer Bezähmung ihrer Empfindungen.
Sie fand das Mobiltelefon nicht sofort.
Nervöse Kopfdrehungen. Schließlich entdeckte sie es. Sie hatte, nachdem die SMS heute Morgen eingetroffen war, achtlos ein Küchenhandtuch darübergeworfen.

Sie drückte hektisch auf die Taste für die Annahme …
Da war niemand mehr …
Sie war müde. Sie hatte keine Lust, dem entgangenen Anruf nachzuforschen.
Zu müde.
Sie ließ sich wieder auf den Stuhl fallen.
Wahrscheinlich Frederic …

Sagte der Junge: Aber sag doch mal – warum ausgerechnet uns?
Sagte die gute Tante: Ach, das ist ein ewiges Übel. Hör auf mit der Fragerei. Das macht nur schlechte Träume. Es ist Zeit. Du musst jetzt schlafen.
Sagte der Junge: Ich wäre gerne ein Stern.
Sagte der Greis: – nichts.

Agnes Lupinski grübelt

Sie saß noch immer auf dem Küchenstuhl.
Sie müsste aufräumen. Das schmutzige Geschirr stapelte sich im Spülbecken. Die Arbeitsplatte machte auch keinen hygienischen Eindruck.
So ging das nicht weiter mit ihr.
So kannte sie sich nicht.
So war sie nicht.
So wollte sie nicht sein.
Sie ließ den Blick über die Küche schweifen. Auch die Einrichtung machte jetzt auf sie einen unschönen, ja geradezu lieblosen Eindruck.
War lieblos das richtige Wort?

Nein, Frederic hatte recht. Ihre Küche wirkte nicht nur lieblos, sondern heruntergekommen. So hatte er es ausgedrückt. Heruntergekommen? War das übertrieben? Mit ein bisschen Farbe …
Aber sie wusste, ein bisschen Farbe würde nicht genügen.
Ja, Frederic hatte recht.
Noch am Vormittag war er aufgetaucht, wie üblich gehüllt in affige Klamotten und in diese aufgesetzte Munterkeit, die ihr heute besonders auf die Nerven gegangen war. Dann hatte er sie zu einer Ausstellung hochmoderner Küchen verschleppt und einem öligen Verkäufer überantwortet, der sie durch seine Küchenwunderwelt leitete.

Sagte der Junge: Aber warum wollten sie gerade uns ausrotten? Warum nicht alle Katzen oder irgendwelche Pflanzen oder Mond und Sonne?
Sagte die gute Tante: Mond und Sonne kann man nicht ausrotten.
Sagte der Greis: Wer weiß?

Agnes Lupinski staunt

Küchen? Sahen die Küchen jetzt so aus? So stellte sie sich einen Weltraumoperationssaal vor oder ein Geheimlaboratorium für verdunkelte Forschungen mit dem Ziel einer Optimierung der Menschengattung.
Eine eindringliche Farblosigkeit. Bis auf ein leises Grau und ein gebrochenes Weiß, hin und wieder, als Hervorhebung ein Anthrazit. Matter Chrom. Glatte Wände, in

denen Aufbewahrungsgelasse vermutet werden durften, darin verborgen, auch das war zu vermuten, allerlei technische Gerätschaften tief versenkt und den Blicken entzogen. Alles zeugte von einer fanatischen Zurückhaltung der Funktionen, alles war übertrieben dezent, als schämten sich die smarten Apparate ihrer Brauchbarkeit.
Hier und da ein formbewusster Roboterarm.
Große Arbeitsflächen aus matt schimmernden undefinierbaren, aber zweifellos teuren Materialien.

Sie war staunend durch große hallende Räume gegangen.
Ein Gefühl der Öde. Sie fröstelte.
Bis sie plötzlich vor eine tiefschwarze Wand kam.
An der hingen magnetisch gehalten Messer.
Messer!
Messer in allen Formen.
Große und kleine Messer. Gestaffelt von riesig zu winzig.
Messerklingen. Blitzend, scharf und blank und frei meldeten sie ihre unschöne Funktion:
Schneiden. Stechen. Töten.
Zugleich – dem ekelerregend unterlegt – die weiche Stimme des Lackaffen, eine scheinkultivierte Verkaufsförderungssuada.
Angst!
Jetzt war Angst bei Agnes. Ein Überfall lähmender Angst.
Und:
Mit einem Schlag wähnte sie sich um Jahrzehnte zurückversetzt in eine Widerfahrung ihrer Kindheit. Das Reh.
Das Reh auf der Lichtung.
Wundersam beleuchtet von einem Sonnenstahl, der jäh zwischen dräuenden Wolken hervorgebrochen war.

Das Reh in einem Lichtkranz. Eine Märchenbotschaft einzig für sie geschaffen.
Sie war der Erscheinung in den verbotenen Wald gefolgt, als das Gewitter, das sich grollend angekündigt hatte, den Himmel verfinsterte.
Peitschende Zweige, krachender Donner, Blitze, die sie inmitten des Waldes Dunkel zwar nicht deutlich sehen konnte, wohl aber deren grellen Widerschein, wie er durch die Zweige zuckte. Sie lief und lief und lief. Immer weiter war sie tief hinein in den düsteren Wald geraten.
Das Reh war verschwunden.
Stattdessen ragte eine riesige schwarzverhüllte Gestalt vor ihr auf. Schlagartig.
Mächtig. Grausig.
Der Wald rings um sie begann zu flimmern.
Sie hatte geschrien und die Hände vor die Augen geschlagen.
Als sie nach unendlicher Zeit wieder einen Blick gewagt hatte, war sie allein.
Ganz allein.
Mutterseelenallein.

Agnes Lupinski bezwingt sich

Sie löste den Blick von der schwarzen Messerwand.
Sie löste die Verbindung zu den lange vergangenen Tagen.
Sie löste sich aus der Kralle der Kinderangst.
Sie rief sich zur Ordnung.
Wie so oft an diesem Tag.

Was hatte diese Messerwand mit ihren Kindheitsängsten zu tun?
Nichts!
Rätselhaft.
Sie hätte sich gerne geschüttelt, wie die Hunde, wenn sie aus dem Wasser kommen.
Sie musste, als sie weiter hinter dem Verkäufer, der ihren Angstanfall nicht bemerkt hatte, durch die Küchenräume stolperte, an einen Ausspruch von Max denken.
Was hatte Max früher oft gesagt?
»Das geht mir am Arsch vorbei!«
Genau das war es, was sie jetzt abwehrend empfand. Oder besser: empfinden wollte: Diese Küchenlandschaft mitsamt der Messerwand geht mir am Arsch vorbei.
Sie lachte humorfrei in sich hinein.
Und sogleich wusste sie, warum ihr diese Wortwahl, die nicht in ihrer Vokabelwelt heimisch war, in den Sinn gekommen war. Es war die Sprache eines trotzigen Kindes, das sich seiner Not bewusst in stolzer Aufbäumung zu einem in den Ohren der Erwachsenen nicht so recht geduldeten Ausdruck fand.
Ein Mut-Willen.
Diese Wand geht mir am Arsch vorbei. So ein geschwärzter Wald – wie bedrohlich er einst auch wirkte – schien ihr rückblickend fast als ein Hort der Geborgenheit.
Vergleichbar war nur die Angst.
Und dann: so ein beleuchtetes Reh, das konnte man ja gar nicht ernst nehmen und schon gar nicht erzählen, da stünde man sofort unter Kitschverdacht.
Die dunkel verhüllte Gestalt?

Noch immer sprach der Gelackte auf sie ein. Da er sie zu Recht für eine Netzidiotin hielt, malte er ihr eine Tischlein-deck-dich-Idylle aus, schilderte wortreich eine Küchenzukunft der digitalen Dienstbarkeit.
Aber da hatte er sich ein wenig getäuscht, der Lackaffe. Hatte sie doch erst kürzlich eine Reportage gesehen über smarte Häuser, über die automatisierte Haushaltsführung der Zukunft, über den Segen, den all die intelligenten Maschinen über die kommende Wohnwelt bringen würden, eine vernetzte Cyberflotte, die bereitstand für den Nachweis ihrer hausfraulichen Überflüssigkeit.

Was wäre die Folge eines Stromausfalls? Das Haus würde vollständig ins Dunkel sinken, in die Unbrauchbarkeit aufs Ganze.
Was hatte Tante Alma neulich düster orakelt?
In der Regel ergriff sie sofort die Flucht, wenn Tante Alma zu einer ihrer furchterregenden Tiraden ansetzte, aber diese Drohworte waren offensichtlich zu ihr durchgedrungen.
Dass es sie schon bald vermehrt geben würde, die digitalen Kriegsschäden, hatte sie behauptet, und dass jede milde Regung zerrieben werde im Terrorverbund von Barbarei und Spitzentechnik. Da bliebe kein Raum mehr für das Erbarmen und die Schönheit und die Wohltat und die Wahrheit … Tante Alma hatte noch Weiteres aufgefahren, das da angeblich verlorengehe.
Musste man das glauben? Oder kam es nur aus dem Groll einer alten Frau, die spürt, dass sie den Neuerungen nicht mehr gewachsen ist?
Vielleicht, so dachte sie jetzt im Rückblick auf ihr Küchen-

abenteuer, ist doch etwas dran. Sie sollte mal darüber nachdenken.
Aber nicht jetzt.
Kopfschmerzen.

Sagte die gute Tante: Hör zu. Es geht wieder los. Du musst aufpassen. Es wurden wieder welche gesehen. Halte dich verborgen. Sobald du einen witterst, verschwindest du geräuschlos.
Geh nicht zu der Lichtung. Bleib bei den Erwachsenen. Sie dürfen uns nicht finden.
Sagte der Greis: Hab acht, hab acht, hab acht!

Agnes Lupinski raucht

Agnes Lupinski saß noch immer auf dem Küchenstuhl. Oder besser: wieder. Denn kurz zuvor war sie aufgestanden und hatte sich eine Zigarette geholt. Die fast vergessene Sucht hatte sie wieder erreicht. Ein Freund hatte neulich eine halbleere Packung bei ihr vergessen. Auf dem Balkon. Der war freiwillig dorthin ausgewichen. Fast automatisch. Sie hatte ihn nicht darum gebeten. Möglicherweise schmeckten ihm die Zigaretten nur noch in der Exilkühle.
Sie setzte sich wieder.
Sie zündete sich die Zigarette an. Der Ausflug in das Küchenglück hatte Nerven gekostet. Anders konnte sie sich diesen Rückfall nicht erklären.
Ein tiefer Zug.

Die erste Zigarette seit vier Jahren. Jetzt war ihr schwindlig. Jetzt war sie beunruhigt. Jetzt war sie beunruhigt, hatte Kopfschmerzen, und ihr schwindelte. Außerdem war sie müde. Nervös und müde gleichermaßen. Seltsam. Sie drückte die Zigarette auf einer Untertasse aus. War das schon das erste Symptom einer einsetzenden Verwahrlosung? Sie rief sich zur Ordnung. Oder besser: Sie versuchte, sich zur Ordnung zu rufen.
Aber der Ruf drang nicht zu ihr durch.

Frederic kam ihr in den Sinn. Sie hatte ihn beschimpft. Gefaucht hatte sie. Was ihm denn eingefallen sei, wie er überhaupt darauf hatte kommen können, sie in eine so absurde Ausstellung zu schleppen.
Das tat ihr leid. Er hatte es gut gemeint. Sie würde sich entschuldigen müssen.
Nicht nur für die heutige Beschimpfung. Schon in den letzten Wochen war sie nicht sehr freundlich gewesen. Richtig attackiert hatte sie ihn einige Male. Zu geringfügigen Anlässen. Schäbig hatte sie sich verhalten. Hysterisch.
Das hatte ihn irritiert. Was denn in sie gefahren sei. So launisch kenne er sie nicht, hatte er ratlos gesagt. Das Wort hysterisch hatte er sich nicht erlaubt.
Die schlechte Behandlung, die sie ihm, trotz seiner unerschütterlichen Freundlichkeit, zumutete, kam, das wusste sie, aus einer Abwehr. Sie hatte gespürt, dass er sich an schwerwiegende Fragen heranpirschte. Fragen, die vielleicht nicht geradewegs in einem Heiratsantrag münden würden, aber doch auf eine engere Bindung zielten. In letzter Zeit war er übertrieben fürsorglich gewesen. Auch

in pekuniärer Hinsicht. Seit die Buchhandlung, in der sie zwölf Jahre Geschäftsführerin gewesen war, Pleite gemacht hatte.
Auch die Superküche wollte er finanzieren, um ihr eine Freude zu machen.
Sie fasste mit den Fingerspitzen an die Schläfen.
Sie sollte mal sortieren.

Agnes Lupinski sortiert

Wollte sie ihn heiraten?
Eher nicht.
Wollte sie ihn vergraulen?
Eher nicht.
Wollte sie auf den Sex mit ihm verzichten?
Nein.
Wollte sie mit ihm in seinem gnadenlos durchgestylten Penthouse wohnen?
Keinesfalls.
Konnte sie sich vorstellen, dass er hier mit ihr in Tante Almas Häuschen leben würde?
Nein.
Agnes Lupinski war ohne Rat.

Sagte die gute Tante: Das musst du wissen: Alleine bist du verloren.
Das musst du lernen: Es gibt eine Teilung der Arbeit, der Beschaffung, der Fürsorge.
Die musst du ehren: die, die mit dir sind.
Sagte der Greis: So sei es. So sei es.

Agnes Lupinski schreckt auf

Agnes saß noch immer auf dem Küchenstuhl.
Plötzlich kam Leben in sie.
Mist, sie hatte Tante Alma vergessen, total vergessen.
Das war ihr noch nie passiert.
Die Einkäufe, die sie pflichtgemäß für Tante Alma getätigt hatte, warteten darauf, oben im 1. Stock abgeliefert zu werden. Sie lagen dort, wo sie achtlos neben der Eingangstür abgestellt worden waren.
Das Ritual verlangte, dass sie Tante Alma, die niemandem ohne Vorwarnung die Türe öffnete, kurz anrief, bevor sie die Einkaufstüten bei ihr abgab. Agnes Lupinski fand das zwar etwas absurd – wie vieles, was mit ihrer Tante zusammenhing –, aber sie beugte sich dem, ohne zu murren. Schließlich verdankte sie Tante Alma, dass sie hier fast mietfrei wohnen konnte.
Sie musste lachen, als sie sich vorstellte, wie sich so eine hypermoderne Küche in diesem Häuschen ausmachen würde.
Sie blickte zur Küchendecke und lauschte. Es war nichts zu hören.
Ja klar. Heute war kein Rumpeltag. Heute war ein Mäuschentag.
Diese etwas alberne Einteilung stammte von ihrem kleinen Neffen Max, den sie oft und gern beherbergte, wenn ihr alleinerziehender Bruder mal wieder keine Zeit für ihn hatte. Die Einteilung in Rumpeltage und Mäuschentage, in Tage, an denen man ständig von einem massiven Getrampel aufgeschreckt wurde, und in Tage, an denen kein Laut – oder wie Max sagen würde: kein Mucks – aus der

darüberliegenden Wohnung zu hören war. Auch seine Marotte, immer wenn er Verwandte erwähnte, den jeweiligen familiären Status beizugeben, hatte sie liebevoll übernommen.
Tante Alma hatte auf ihre alten Tage sonderbare Angewohnheiten ausgebildet. An den Tagen, an denen sie hauptsächlich las, war es ruhig. Wenn sie aber schrieb, stand sie nach jedem dritten Satz auf und trampelte durch ihr Zimmer. Offensichtlich konnte sie nur im Takt strammer Gehschritte nachdenken. Dann knallten Tante Almas Blockabsätze hart auf das Parkett.
Sie hatte schon daran gedacht, ihr ein paar Pantoffeln zu schenken. Aber sie wusste, dass das keine gute Idee war.

Sagte der Junge: Ich habe welche gesehen. Sie machen viel Lärm. Sie bewegen sich plump. Sie riechen komisch. Grundelholm sagt, dass die Einzelnen nicht besonders stark, aber im Rudel mächtig sind. Grundelholm sagt, dass sie sie aus der Entfernung töten können. Grundelholm sagt auch, dass sie alles sehen können – durch die Steine und Bäume hindurch …
Sagte die gute Tante: Nein, sie können nicht durch die Steine und die Bäume hindurchsehen. Das sind Märchen. Du musst nicht alle Geschichten glauben, die die Alten erzählen. Aber wie auch immer, sie sind gefährlich. Bleib in Deckung.
Sagte der Greis: Hab acht, hab acht, hab acht.

Agnes Lupinski bekommt Besuch

Gerade als sie aufstehen wollte, um Tante Alma endlich die Lebensmittel zu bringen, wurde sie abgelenkt durch ein Gejohle, das von der Straße kam.
Sie demonstrierten schon wieder. Was die nur wollten? Mindestens einmal die Woche wollten sie dringlich etwas, oder sie wollten dringlich etwas nicht. Agnes Lupinski konnte die skandierten Rufe nicht verstehen. Was riefen die da nur immer? Was riefen sie?
Sie ging zum Fenster. Nein, Demonstration konnte man das nicht nennen.
Es geschah immer häufiger, dass sich kleine Rudel bildeten und fahnenschwenkend und rufend durch die Straße eilten. Singuläre Rotten.
Mal die, mal die, mal jene.
Was riefen sie? Da war nur Klang, kein Sinn.
Eine Sprache, die sie nicht verstand.
Der Straßenlärm hatte die Türklingel mehrmals übertönt.
Jetzt aber, die Rufe hatten sich etwas entfernt, reagierte sie.
Vor der Tür standen ihr Schwager Ulli und ihr Neffe Max.

Teil II

Maximilian Artem freut sich

Maximilian freute sich. Er freute sich, weil heute der erste Ferientag war. Er freute sich, weil sein Vater ihn abgeholt hatte, aus dem Internat in seinem Jaguar Baujahr 1965. Jedes Mal fuhr der mit einem anderen teuren Schlitten vor. Seine Klassenkameraden fanden das cool. Ihn interessierte es nicht so sehr. Aber speziell dieses Auto gefiel ihm. Hauptsächlich wegen der roten Ledersitze.
Maximilian freute sich auch, weil sie nicht in die väterliche Villa, sondern gleich zu Tante Agnes gefahren waren. Er freute sich auf das Zusammensein mit seiner Tante und zugleich auf die Besuche, die er so oft wie möglich bei seiner Großmutter Alma machen wollte. Seine Freude steigerte sich überdies, weil sein Vater ihm soeben angedeutet hatte, dass er wahrscheinlich während der ganzen Ferienzeit bei Tante Agnes wohnen sollte. Eine längere Dienstreise stand mal wieder an.
Und noch etwas hatte sein Vater in Aussicht gestellt. Aber das wollte er vorläufig vergessen.
Jetzt wollte er sich freuen.
Schon in den letzten Internatstagen hatte er sich oft in das Haus seiner Großmutter phantasiert, hatte sich vorgestellt, wie er die Tage abwechselnd in den Wohnungen seiner Tante Agnes und seiner Großmutter Alma verbringen würde. Manchmal hatten sie ihm während seiner vorangegangenen Besuche erlaubt, in der unbewohnten Dachwohnung herumzuschnüffeln.
Dort war das Glück! Die Mansardenwohnung schien ihm

wie eine eigene Welt. Eine Welt voller Geheimnisse, voller Überraschungen.
Niedrige Räume, in denen sich die verblassten fremdartig gemusterten Tapeten teilweise von den Wänden lösten, vollgestopft mit allerlei altertümlichem Mobiliar: ausladende Schränke, mächtige Kommoden, Vitrinen, Truhen, Regale, Sessel, Stühle, Tische, Betten, Uhren, Ähnliches und Verschiedenes, für das er keinen Namen hatte.
Da gab es tiefe Spinde, in denen komische Klamotten hingen; Kommoden, deren Schubladen randvoll gefüllt waren mit Überraschungen – in einer befanden sich nur alte Brillen – in einer anderen dichtbeschriebene Notizhefte …
Seine Erkundungen standen noch ganz am Anfang.
Es lag noch viel Arbeit vor ihm. Das war mal sicher: Er konnte auf großartige Entdeckungen hoffen.
Er hatte schon eine kleine Sammlung solcher Fundstücke angelegt. Ein altes Fernglas, ein schweres Messer mit einem aufwendig geschnitzten Griff und ein dickes Buch, in dem sich Zeichnungen von seltsamen Tierwesen befanden.
Das Buch war ein frischer Fund. Er hatte es bei seinem letzten Aufenthalt kurz vor der Abreise entdeckt. Das wollte er sich mal genauer ansehen. Ebenso wie die drei Bilder.
Die hatte er – fast so, als wollte sie jemand verstecken – hinter einer Kommode entdeckt. Sie unterschieden sich krass von den düsteren Gemälden an den Wänden.
Leuchtende Farben. Vor allem aber hatten ihn die Bildmotive gefesselt. Zwei Bilder zeigten Wölfe. Das dritte einen großen Bären, der ihn herausfordernd ansah.
Er hatte seine Schätze in der leeren Speisekammer versammelt.
Und noch ein dunkellockendes Geheimnis gab es in Alma

Lupinskis Haus. Verborgen im Keller wohnte Großschwager von Bärentrost mit einer Frau, – aber, die war gar nicht seine Frau, das hatte ihm Tante Agnes erklärt, die Frau passte nur auf ihn auf und kochte und so. Großschwager Bärentrost ging, wie Großmutter Alma – auch das hatte ihm Tante Agnes erzählt –, niemals aus dem Haus. Aber im Unterschied zu Großmutter Alma, die gelegentlich Ausnahmen machte, ließ er auch niemanden, wirklich niemanden, zu sich herein.
Max war sicher, dass er eines Tages einen Weg in den Keller zu dem versteckten Mann mit dem interessanten Namen finden würde.

Sagte der Junge: Tot? O weh! O weh!
Sagte der Greis: Gefahr! Gefahr! Gefahr!
Sagte die gute Tante: Jetzt kennst du sie, die Gefahr. Sie haben Grimminger erschossen.
Sagte der Junge: Wo habt ihr ihn gefunden?
Sagte die gute Tante: Grundelholm fand ihn. Auf der Lichtung. Das ist in diesem Herbst schon der Dritte.
Sagte der Greis: Und abermals.

Alma Lupinski flucht

Sie auf ihre Armbanduhr.
Und wo blieb Agnes? Sie hätte längst die Einkäufe bringen müssen.
Was war das für ein merkwürdiger Tag?
Alma Lupinski fluchte und schaltete den Fernseher aus.

Mindestens zwei Monate waren ins Land gegangen, seit sie das Gerät das letzte Mal eingeschaltet hatte. Vor einer Stunde hatte sie es wiederbelebt und gleich darauf bereut. Die Diskussion der Politiker über die Sterbehilfe hatte sie sehen und hören wollen. Was sie sah und hörte, war die Kriminalisierung des Erbarmens. Das hatte sie erzürnt. Maßlos erzürnt. Sie fluchte laut in den Raum. Diese lauten Wutkundgebungen hatte sie sich angewöhnt in den vielen Jahren, die sie schon alleine lebte.

»Zur Hölle mit diesen fundamentalistischen Kampfspießern«, polterte sie, »das war ja zu erwarten, dass sie mir und meinesgleichen die letzte Freiheit auch noch nehmen werden. Die letzte Würde.«

Sie wurde leiser. Es war nur mehr ein grollendes Murren.

»Diese bigotten Volksvertreter, aufgebläht, selbstgerecht hockten sie im Stresskomfort ihrer verstrahlten Sonderzonen. Unpolitische Politiker, Äonen entfernt von der Verzweiflung des Einzelnen, ohne Demut vor den Qualen jedweder Kreatur, ohne Einsicht in die traurige Endlichkeit allen Daseins …«

Sie hatte ihre Beschimpfungen fortgesetzt, aber die Laute waren zu einem verwaschenen Grummeln verkommen, man konnte sie nicht mehr verstehen. Solche Empörungen loderten in letzter Zeit immer häufiger in ihr auf. Sie war sicher, dass sie ein Recht auf den Zorn hatte, wenn er auch zuweilen ein wenig über ihre Kraft ging.

Jemand klopfte an ihre Tür.

Alma Lupinski bekommt Besuch

»Ich bin's, Maximilian.«
Ein radikaler Stimmungswechsel.
Eine Milde kam über Alma, eine Milde, die sie aber nicht zugab – nicht einmal vor sich selbst.
»Komm rein und mach die Tür hinter dir zu.«
Das klang schroff, aber der Ton schreckte Maximilian nicht.
Alma liebte ihren Enkel Max, aber sie hatte ihm das nie deutlich gezeigt. Gleichwohl schien er an ihr zu hängen. Das freute sie. Obgleich sie ihm auch das nicht zeigte. Er tat ihr gut. Auch an diesem Tag, der kein guter gewesen war.

Die Zumutungen des Tages: Schon der TV-Einblick in die tagespolitische Erbarmungslosigkeit hatte sie maßlos erbost. Kaum war das Gerät verstummt, hatte das Telefon geklingelt.
Ein in ihren Augen völlig überflüssiges Gespräch hatte die Stimmung nicht verbessert.
Sie hatte den Anruf entgegengenommen, weil sie dachte, dass es Agnes sei, die zu dieser Zeit gewöhnlich anrief und anschließend die Einkäufe lieferte, aber sie hatte unerwartet die Stimme eines Journalisten im Ohr gehabt. Er nannte seinen Namen und behauptete, früher, vor ungefähr zwanzig Jahren, schon einmal ein Gespräch mit ihr geführt zu haben.
Da hatte sich offensichtlich ein Journalist erinnert, dass es sie einmal gab, hatte dann zufällig erfahren, dass es sie immer noch gab, und daraufhin einen Versuch gemacht.

Er hatte sie gewinnen wollen für eine Umfrage. Nach ihren liebsten Büchern hatte er sie gefragt. Old School. Das hatte man sie oft gefragt in ihrem langen Leben. Sie hatte jetzt geantwortet, wie sie stets geantwortet hatte: Es seien sehr viele und immer wieder andere Bücher gewesen, die sie jeweils fasziniert hätten. Sie hatte das sehr harsch gesagt, als spräche sie von ihren abgewiesenen Liebhabern.

Der arme Mann hatte bald gemerkt, dass bei ihr nicht mehr viel zu holen war.

Sie hatte ihm nicht gesagt, dass sie jetzt, in diesen wirren, gefährlichen Zeiten nur noch zwei Bücher faszinierten. Das von einem eigenwilligen französischen Romancier, der seine fortschrittsgläubigen Zeitgenossen 1862 schockte mit einem Werk, das die Behaglichkeit einer starren Opposition von Barbarei und Zivilisation blamierte.

An dem anderen Werk – thematisch weitläufig verwandt, aber sehr viel älter – arbeitete sie gerade. Aber ihr schwante schon, dass sie diese Arbeit nicht zu einem guten Ende bringen würde. Dieser Welt, da war sie sich sicher, war mit Büchern nicht mehr zu helfen.

Alma Lupinski und Maximilian Artem

Max stand jetzt neben ihr. Die Ellbogen gestützt auf ihren Arbeitstisch, den Kopf in den Händen. Er schaute auf das Buch, das aufgeschlagen vor ihr lag. Er deutete mit dem Zeigefinger auf die linke Seite des Buches.

»Was schreibst du da an den Rand?«

»Ich mache mir Notizen zu der Übersetzung. Vielleicht erstelle ich eine neue.«
»Übersetzung? Aus welcher Sprache?«
»Aus dem Deutschen.«
»Hallo? Das muss man doch nicht übersetzen.«
»Es ist ein altes Deutsch. Ein Deutsch, das heute nicht mehr gesprochen wird.«
»Kann ich es verstehen?«
»Nicht wirklich.«
»Wovon handelt es?«
»Von einem großen Krieg.«
»Nur von einem großen Krieg?«
»Eigentlich schon. Eine Frau hält eine bedeutende Rede. Zwei Heerführer spielen eine große Rolle, der eine ist Christ, der andere Mohammedaner. Im Wesentlichen geht es um ihren Krieg. Am Anfang gibt es ein Gebet.«
»Und am Ende?«
»Es hat kein Ende.«
»Es hat kein Ende?«
»Nein, es ist ein Fragment, ein Torso …«
»??«
»Der Dichter hat es nicht vollendet.«
»?«
»Er hat es nicht fertiggestellt.«
»Konnte er nicht oder wollte er nicht?«
»Schwer zu sagen. Man kann es nicht wissen.«
»Warum nicht?«
»Man weiß nicht sehr viel über den Autor. Es ist ein Text aus alter Zeit.«
»Ist es lange her, dass einer es geschrieben hat?«
»Sehr lange. Der Autor lebte im Mittelalter.«

»In der Ritterzeit?«
»Ja.«
»Ist es ein gutes Buch?«
»Ja, sonst würde ich mir die Mühe nicht machen.«
»Es ist ein dickes Buch.«
»Ja, doch.«
»Warum malst du die Fragezeichen an den Rand?«
»Da gefällt mir die Übersetzung nicht.«
»Es sind sehr viele Fragezeichen.«
»Ja.«
»Würdest du es anders machen?«
»Ja, das ist nur eine Prosaübersetzung.«
»Das verstehe ich nicht.«
»Das heißt, dass es eigentlich in Versen geschrieben ist.«
»Es reimt sich?«
Alma brummte.
Max wusste: Wenn dieser Brummton erklang, war es nicht schlau, weiterzufragen.

Alma Lupinski lenkt ab

»Eine innere Stimme sagt mir, dass du demnächst Geburtstag hast. Wie alt wirst du?«
»Dreizehn.«
»Was wünschst du dir?«
»Einen Wolf oder einen Hund, der ein bisschen so aussieht.«
»Einen Wolf? Das ist schwierig. Das sind wilde Tiere, die kannst du nicht im Haus halten. Wenn du einen Hund

haben willst, musst du deinen Vater fragen, ob er sich um das Tier kümmern will, in der Zeit, in der du im Internat bist.«
»Habe ich schon – keine Aussicht. Er will keinen Hund, und im Internat darf man auch keine Hunde haben. Keine Aussicht.« Max wiederholte das wütend.
Alma wechselte vorsichtshalber das Thema.
»Bist du gerne in diesem Internat?«
»Es geht so.«
»Was heißt das?«
»Erst war es ziemlich blöd, aber inzwischen finde ich es ganz gut.«
»Hast du Freunde dort?«
»Ja.«
»Viele Freunde?«
»Nein.«
»Woran hast du die meiste Freude?«
Kurzes Schweigen.
Dann erzählte Max.
Es brach geradezu aus ihm heraus.
»Neulich, das hat mir gefallen, haben wir einen Ausflug gemacht in die Wälder. Und der Biologielehrer hat uns die verschiedenen Bäume gezeigt. Die verschiedenen Blätter, die sie haben, die verschiedenen Stämme und Wurzeln. Dann hat er auch erzählt, welche Tiere in den Wäldern leben. Und er hat gesagt, dass manche Leute meinen, dass da auch Wölfe wieder sind. Sie wären von irgendwoher zurückgekehrt.«
»Hast du einen Wolf gesehen?«
»Nein, da waren überhaupt keine Tiere.«

Nach einer längeren Pause fragte Max:
»Warum sagen die Leute, dass die Wölfe da wieder sind?«
»Die Wölfe waren früher schon einmal in unseren Wäldern. Vor langer Zeit.«
»Und warum sind sie damals weggegangen?«

Das Gespräch wurde unterbrochen. Agnes Lupinski lieferte endlich die Lebensmittel ab. Bei der Gelegenheit teilte sie Alma Lupinski mit, dass sie soeben einen Anruf von dem Makler erhalten habe. Der sei ziemlich genervt. Die Besichtigungen seien alle vollkommen sinnlos gewesen. In dem Zustand könne man die Dachwohnung nicht vermieten. Man müsse sie entrümpeln und renovieren.
Alma Lupinski zuckte mit den Schultern.
»Bärentrost will keine Renovierung. Wegen der Unruhe und der vielen fremden Leute, die durch das Haus lärmen würden. Du weißt, dass Bärentrost die Hälfte des Hauses gehört. Und, wenn ich es nochmals bedenke, ich will das im Grunde auch nicht. Ich will meine Ruhe haben.«
Max freute sich. Sein Dachbodenglück wird es weiterhin geben. Er konnte auf neue Entdeckungen hoffen.
Beim Herausgehen schon in der Tür sagte Agnes Lupinski noch, dass der Makler einen letzten Interessenten habe. Aber er gebe der Sache keine Chance. Bei dem Interessenten handle es sich um einen Professor, einen feinen älteren Herrn. So habe der Makler den bezeichnet.

Sagte der Junge: Grundelholm sagt, sie machen alles kaputt, auch unseren Wald und alles, was dahinter, darunter und daneben ist, einfach alles. Stimmt das?
Sagte der Greis: Ja, so ist es.

Großschwager von Bärentrost
(Bruder des verschollenen Mannes von Alma)

Wie lange würde er das noch mit sich machen?
Er schrieb diese Frage, die er sich soeben selbst gestellt hatte, umgehend in ein Kompendium, das er seit zwei Jahren gewissenhaft und detailfreudig mit Beschreibungen seiner Befindlichkeiten anreicherte.
Und den Zugewinn seiner späten Einsichten – oder das, was er dafür hielt – wollte er auch sorgfältig eintragen.
Das alles sollte der Nachwelt zukommen. Er vermied die Frage, ob es in der Nachwelt irgendjemanden geben würde, der sich dafür interessieren könnte.
Er notierte:
Wie lange werden sie das noch mit mir machen? Wie lange werde ich das noch mit mir machen?

Nein, das traf es nicht. Er wollte genau sein. Ganz genau. Sich nichts ersparen. Er tilgte die letzte Eintragung und notierte stattdessen:
Was will ich wie lange ertragen?

Bärentrost stand auf und holte sich einen Schnaps. Den trank er nur dienstags und donnerstags. An diesen Tagen der Woche, an denen er sich den Schnaps erlaubte, hatte seine Betreuerin Irmgard Ausgang. Spätestens um vierzehn Uhr verließ sie das Haus und kehrte erst um dreiundzwanzig Uhr zurück. Da fiel die abendliche Fürsorge aus. Er hatte keine Lust auf ihr blödes Stirngerunzele wegen einer Schnapsfahne. Die würde sie sofort erschnüffeln.

Er stellte die Flasche in ihr Versteck zurück und notierte eine neue Frage und eine Antwort gleich dazu:
Habe ich diese Rücksichtnahme nötig?
Eigentlich nicht!
Wer bin ich denn?

Er notierte:
Eigentlich ertrage ich sie nicht. Die hässliche Kuh.

Er wusste: Irmgard war keine Schönheit. Aber hässlich war sie gewiss nicht.
Er gefiel sich in der Ungerechtigkeit.

Dann notierte er:
Es gibt keinen Tag mehr, an dem ich nicht an den Tod denke.
Er notierte:
Der nahende Tod. Im Alter gibt es eine Verschärfung im Wissen und im Glauben.
Früher: Man wusste ungern und nur undeutlich, dass man einmal wird sterben müssen, aber man glaubte es nicht wirklich. Ein dunstiges Wissen allenfalls.
Jetzt: Man glaubt es und man weiß es!
Diese Notiz gefiel ihm. Ja, so ist es, dachte er und war mit sich zufrieden und erwog einen weiteren Schnaps. Kam aber wieder davon ab.
Er schaute hoch zu den schmalen Fenstern seines Souterrains. Dort oben auf der Straße galoppierte offensichtlich gerade eine Menschengruppe vorbei. Bärentrost konnte an seinem Schreibtisch sitzend immer nur die untere Hälfte der Beine sehen. Grob gesagt: Bei großen Menschen er-

fasste sein Blick die Partie zwischen Knie und Ferse, bei den Kleineren konnte er das Bein von der Mitte der Oberschenkel bis zum Fuß erkennen.
Er hatte schon überlegt, ob er eine Aufstellung menschlicher Gangarten erarbeiten sollte.
Er glaubte, an der Schrittfolge und an den Bewegungen der unteren Beinpartie jedweden menschlichen Gemütszustand ablesen zu können.
Im letzten Jahrzehnt, da war er sicher, hatte sich der Gang der Turnschuhjugend verändert. Er hatte sich vielfach verlangsamt und erschien ihm zuweilen etwas schleppend. Er hatte sich das lange nicht erklären können. Bis er im Fernsehen einen kritischen Bericht gesehen hatte über Jugendliche, die ständig auf ihr Smartphone starrend zunehmend Unfälle verursachten.
Aber diese Variante der Idiotie musste ihn nicht mehr interessieren.
Im Moment hatte er dringlichere Vorhaben.
Er wollte sich selbst auf die Schliche kommen in der Frage einer bestimmten seelischen Verengung.

Er rief den Fall auf und notierte:
Warum mag ich nicht mehr spielen? Ich war immer ein Spieler gewesen. Ein leidenschaftlicher Spieler. Gewissermaßen von Kindesbeinen an lebenslang. Von Mau Mau bis Bridge, von Blinde Kuh bis Roulette, kein Spiel, das mir zu gering oder zu mächtig erschienen war. Ich habe auch um Geld gespielt. Habe nicht selten Geld verloren, aber nicht sehr viel. Jedoch um das Geld war es mir nicht gegangen. Es war genug geblieben. Für den Rest meines Lebens wird es reichen, dachte ich. Und so war es. Auch in der Spielwelt

des Netzes habe ich mich getummelt, das jedoch war meine Sache nicht, vielleicht bin ich zu spät eingestiegen, erst zu einer Zeit, da mein Spielfanatismus schon weitgehend verebbt war. Ich habe aber noch erfahren können, dass das Netz dem Spiel gigantische Räume öffnete, ja dass die Netzwelt sich als zweifelhaftes Spielglück empfiehlt und die gesamte analoge Welt in den Spielräuschen verpfändet.

Er machte eine Pause.
Er schnaufte.
Er putzte die Nase.
Er notierte:
Warum spiele ich nicht mehr? Was habe ich einst am Spiel so geliebt?
Ich weiß es: Ich habe das Spielen einst geliebt, weil es im Unterschied zum Leben immer erneut begonnen werden konnte. Das Spiel mit dem Spielen.

Er machte erneut eine Pause.
Er grübelte.
Gewiss, ich wollte gewinnen, jedoch im Gewinnen lag das Glück nicht. Unmittelbar nach dem Ende eines Spiels hat mich schon nicht mehr interessiert, ob ich gewonnen hatte oder nicht. Interessiert, wirklich interessiert, hat mich immer nur die Devise: Neues Spiel, neues Glück. Der Unterschied zum Leben. Jedoch in meiner letzten Lebensphase steht diese Glücksverheißung der steten Erneuerung des Spieles in einem so krassen sinnfälligen, ja schmerzlichen Gegensatz zur Fatalität meines endlichen Vorhandenseins, dass ich mich nicht mehr als ein Spieler verstehen kann.
Dies ist eine Erkenntnis!

Er lehnte sich zurück. Das war's für heute. Er klappte das Kompendium zu und strich liebevoll mit der flachen Hand über den dunkelgrünen Einband aus Maroquinleder.
Dann schrieb er auf einen separaten Notizblock noch ein paar Sätze. Einstiegshilfen für die nächsten Einträge. Alles Mögliche war ihm heute zudem in den Sinn gekommen.
Er schrieb schnell in einer nahezu unlesbaren Schrift:
Der digitale Fanatismus. Weitaus schlimmer als der Eifer spätmittelalterlicher Dogmatiker. Weltweite Geistdeformationen. Die Zurichtungen der Körper und der Hirne. Eine eindimensional dressierte Menschheit. Allgemeine Denkverpflichtungen. Mentale Selbstauslieferung an die Interessen der Netzgiganten. Am nervigsten sind die Humordeformationen. Ja, es gibt ihn: den neoliberalen Humor. Dauerironisierung ohne kritische Substanz.
Und weil er mächtig im Schwung war, erstellte er gleich noch eine Liste des Mangels:
An erster Stelle: der Mangel an intelligenter Phantasie.
Er fuhr hoch.
Himmel, was schreibe ich denn da?
Das ist ja wie aus einem Volkshochschulkurs.
Er war müde.
Ganz plötzlich war er fürchterlich müde.
Dann aber schrieb er doch noch eine Frage auf:
Kann ich auf mich verzichten?

Sagte die gute Tante: Was sagst du da? Was willst du gesehen haben? Die führten welche von uns bei sich? Nein, nein, das kann nicht sein. Ausgeschlossen! … Ach so, ich weiß, was du meinst, ich weiß, was du gesehen hast. Nein, nein. Du irrst dich. Diese Begleitwesen gehören nicht wirklich zu

uns. Früher vielleicht einmal. Ganz, ganz, ganz früher einmal.
Sagte der Greis: Ähnliches ist nicht Gleiches.
Sagte die gute Tante: Der Legende nach, so wird es erzählt, haben sich einst welche von uns mit ihnen gemeingemacht. Und haben, so wird erzählt, auch geduldet, dass ihre Jungen bei ihnen aufwuchsen.
Sagte der Junge: Stimmt das?
Sagte die gute Tante: Ich weiß es nicht. Man hört es oft.
Sagte der Greis: – nichts.

Alma Lupinski doziert

Jetzt aber wollte Max auch mal etwas Bedeutendes sagen. Sein Vater sagte das regelmäßig: »Zeit ist Geld.«
Und blitzartig musste er feststellen, dass das keine gute Idee gewesen war. Großmutter Alma bewölkte sich. Furchterregend. Als wäre der ganze Raum, kaum dass er den Satz beendet hatte, wesentlich dunkler und kälter geworden.
Nie wieder, diese Gewissheit entstand augenblicklich in ihm, nie wieder würde er sich, in der Hoffnung zu imponieren, eine Redewendung ausleihen.
»Nein«, sagte Alma Lupinski scharf. Sie hatte den fremden Ton in seiner Rede hören können. »Nein, Kleiner, Zeit ist nicht Geld. Aber sie ist kostbar. Und sie ist alles, was du hast. Und du kannst nicht wissen, wie viel du davon hast. Und wenn du immer mehr beschleunigst, verlierst du sie im Schwindel. Da sind wir in diesen Tagen. Verstehst du?«

Nein, den letzten Satz hatte er nicht verstanden. Aber seine Großmutter nahm schon wieder Fahrt auf.
»Die Menschen dieser Zeit haben die Zeit überholt. Schwindelerregend. Man darf die Zeit aber nicht hinter sich lassen. Nein, mein Kleiner, Zeit ist nicht Geld. Du kannst sie verschwenden. An ein Glück oder ein Leid verlieren, aber verkaufen darfst du sie nicht. Du darfst sie nicht binden. Schon gar nicht an das Geld, an diese armselige Erfindung.«

Als Max mit hängenden Schultern gegangen war, dachte Alma noch einmal nach. Stimmte das, was sie da an den Kleinen herandoziert hatte? Sie war nicht sicher. Nein, so dachte sie jetzt, sie haben die Zeit nicht überholt. Wahrhaftig, sie haben die Zeit nicht überholt. Sie haben die Zeit vergessen. Sie haben sie planiert. Die digitale Gleichzeitigkeit von allem hat sie die Zeit vergessen lassen. Ihre Gegenwart ist immer Zukunft, und ihre Zukunft ist schon Vergangenheit. Das Vergangene, das Jetztzeitige und das Zukünftige verschoben ins Gleichzeitige.

Aber das wollte sie dem Kleinen nicht sagen.
Alma Lupinsksi wirkte erschöpft.
Vergessene Worte kamen ihr jetzt in den Sinn: Ein Wort, das ihre Mutter oft gebraucht hatte: saumselig, und zwei erloschene Wörter, die noch vor Jahrzehnten alltäglich im Umlauf gewesen waren: geruhsam, gemächlich – Wörter, die von einem lockeren, ja, souveränen Verhältnis zur Zeit zeugten. Wörter, die mit den Jahren versanken.
Merkwürdig: Die Erinnerung an diese unzeitgemäße Wortwahl lockte eine andere Erinnerung hervor. Die Er-

innerung an einen gleichermaßen Vergessenen. Einen lange vergessenen Liebhaber: Odino. Sie hatte seit Jahrzehnten nicht mehr an ihn gedacht. Was wohl aus ihm geworden war? Sie hatte nie wieder von ihm gehört. Ein verrückter Kerl. Er wollte den linear gedachten Zeitstrom zurück in eine zyklische Form zwingen, in der Hoffnung, dass die Schule von Athen wieder vorbeikommen würde. Der Komiker, jetzt hatte er den Salat.

Mr. Odino schaudert

In diesem Moment.
Mr. Odino saß auf einer Hotelterrasse hoch gelegen auf einer Klippe. Er schaute auf die Bucht von Neapel. Ein Märchenblick. Das friedlich glitzernde Mittelmeer, das schöne Licht, die vielbesungene Stadt und – der Vesuv. Schon im nächsten Moment könnte der das Firmament ungut vernebeln, das Licht in ein giftiges Gelb bringen und alles, was sich gerade noch gleichermaßen naturlieblich wie auch geschichtsmächtig darbot, mit Glut und Asche und üblen Gasen überziehen.
Er wird sich nicht weit über die Balustrade der Hotelterrasse beugen. Er wollte sich lieber verbergen, wie steil die Küste abfiel, tief tief hinunter an den Saum des Meeres.
Mr. Odinos Träume von der Höhe. Sein Traum vom Fallen. Endlos! Ewig? Seine Angst vor der Höhe, seine Angst vor der Tiefe. Im Grunde trivial. Wer kennt das nicht? Die Albträume vom Fallen. Was war das? Nichts weiter. Nur immer in letzter Instanz: Die Angst vor dem Tod. Eine alte

Klage fiel ihm wieder ein: »Ich bin dem Fallen nahe, und mein Schmerz ist immer vor mir.«

Er sah sich fallen. Er sah sein Entsetzen, sein Grauen.

Wie schnell würde das gehen? Der Fall. Der Aufprall. Wie sehr wäre der Schmerz noch spürbar? Würde die Zeit sich im Fall unendlich dehnen?

Er überlegte. Wovor hatte er die meiste Angst? War Angst messbar? Gab es offizielle Maßeinheiten für sie? Kam sie – wie stark oder schwach auch immer – stets aus der gleichen Quelle? Tausend Varianten der Todesangst? Ein primitiver, kreatürlicher Überlebensbefehl?

Dann eine innere Gewissheit: Seine Angst vor dem Fall war größer als die vor dem Tod.

Eine letzte Mutprobe?

Seine Grübelei wurde unterbrochen durch den Kellner, der den erwünschten Espresso servierte.

Im Grunde, so dachte er, war es lächerlich. Man geht in einen Film. Bald darauf geht man ins Bett und schläft. Die Welt, die der Film zeigte, existiert jetzt nicht mehr. Sie hat nie existiert. Ein Film nur. Bewegte Bilder. Im Schlaf gibt es vielleicht auch einen Film. Er wird ihn schon morgens nicht mehr wissen. Vielleicht noch einen Rest davon. Vielleicht war er beglückend, vielleicht erschreckend, aber in jedem Fall belanglos. Oh, wie belanglos. So belanglos wie die Welt, die einst ein ausgestorbenes Tier zu kennen glaubte. Ein Tier, das ebenso erbittert wie vergeblich bis zum Schluss um seine arme einzelne Existenz (vielleicht sogar um das Bleiben seiner Gattung) gefleht hatte.

Gäbe es nach einem tiefen Schlaf kein Erwachen mehr, man könnte es nicht wissen, und es wäre ohne Bedeutung im Werden und Vergehen aller Welten.

Seine Welt. Seine Zeit. Sie hatte sich, wie ihm schien, in den letzten Lebensphasen atemberaubend beschleunigt. Einst war da ein steter Wandel gewesen. So sah er es im Rückblick. Eine Erinnerung: wie er seine Mutter, Jahrgang 1902, auslachte, wenn sie bei Ferngesprächen übermäßig laut sprach. Neuerungen waren moderat in Erscheinung getreten. Gemäßigte Geschwindigkeitssteigerungen. Hin und wieder eine Kristallisation. Hiroshima: das Entsetzen. Die Schweinebucht, ja, da war auch schon einmal eine Angst gewesen, danach, die Mondlandung: nur mehr exotisch. Die Kriege erfreulich entfernt. Die großen Erschütterungen ziemlich weit weg.
Jetzt aber – im letzten Jahrzehnt – glaubte er eine unglaubliche Beschleunigung zu spüren. Fast körperlich zu spüren. Jetzt waren überall Risse und Gräben in der Landschaft seines Erlebens. Ein Zerfall. Ein Zeitenbruch zweifellos. Die vom Aussterben bedrohten Spatzen pfiffen es von den bröckelnden Dächern.
Mr. Odino war nicht dumm. Er wusste, dass er, wenn er »meine Welt« dachte, immer nur eine beschränkte Sicht, allenfalls eine lächerlich kleine raumzeitliche Erfahrung meinen konnte.
Er trank seinen Espresso und legte Geld auf den Tisch. Er gönnte dem Kellner ein gutes Trinkgeld, obwohl der für süditalienische Verhältnisse erstaunlich muffig war. Wieder etwas, auf das kein Verlass mehr war.
Er schaute noch ein letztes Mal auf das Mittelmeer. Auf den blaugrünen Glitzerwellen tanzte ein kleines Fischerboot.
Das alles ist doch nur Postkarte. Er empfand einen leichten Ekel.

Da war er nun. Hilflos. Zu alt für einen Kampf, zu lahm für eine Flucht. Und wohin auch?
Er wollte nichts mehr. Darin lag eine Freiheit, und darin lag eine Armut.
Nein, einen Wunsch gab es. Er wollte Alma Lupinski noch einmal sehen, wenn er auch nicht wusste, warum.

Mr. Odino flieht

»Was für ein fabelhaftes Panorama …« Er hatte die Touristin, die sich an den Nebentisch gesetzt hatte, nicht bemerkt.
»… von einzigartiger Erhabenheit.«
Die Frau war aufgestanden und hatte die Arme ausgebreitet, als wollte sie die ganze Menschheit mit einer großen Ansprache bereichern.
»… bei diesem Anblick wird der Mensch ganz klein …«
Dieses Geschnatter war ja nicht auszuhalten. Wovon faselte diese törichte Frau? Töricht? Er hatte dieses Adjektiv fast vergessen. Es war ganz aus der Mode. Aber es legte eine Erinnerung frei. Seine Gedanken rutschten zu einer fast vergessenen Schrift.
Nein, diese Frau war nicht die Wiederkehr jener personifizierten Torheit, die einst in einer listigen Rede die Laster und Dummheiten der Menschen gegeißelt hatte.
Er verbannte die Touristin aus seinen Gedanken.
Das ›Lob der Torheit‹. Wie anders und besser wäre die europäische Geschichte verlaufen, wenn jener feinsinnige Ironiker, der die Torheit einst lobte, die Reform der

Kirche instrumentiert hätte anstelle der protestantischen Polterer.

Zu der Zeit, als er das ›Lob‹ studiert hatte, hatte auch er die Welt mit Ideen bereichern wollen. Ideen, die ihm jetzt ausgesprochen absonderlich erschienen. Peinlich! Einst hatte er damit begonnen, Flauberts ›Salammbô‹ ins Altgriechische zu übersetzen. Absurd. Ein gelehrter Geisterfahrer hatte er werden wollen. Gegen den Strom. Den Zeitenwandel blamieren. Ein albernes Vorhaben, so sah er das jetzt. Ein Scheitern. Nicht einmal ehrwürdig. Ein Wall gegen die gerichtete Zeit sollte es sein, es war nicht einmal ein Stolpersteinchen geworden. Die Zeit wieder in den Kreislauf bringen, wie die Alten sie dachten. Die Wiederkehr des immer Gleichen. Er hatte später, älter und klüger geworden, seinen Außenseiterstarrsinn gut kaschiert mit einer Professur der Altphilologie.

Aber auch das lag lange hinter ihm. Ihm schwindelte. Die vielen Namen, Daten, Werktitel, oft konnte er sie nicht mehr heranholen. Gigantische Wissensbrocken waren ins Vergessen gesunken. Dort schwammen sie in einem schmutzigen Tümpel, vereinigten sich zuweilen regellos zu einer trüben Melange und feuerten hin und wieder völlig unvorhersehbar ein Gelehrsamkeitspartikel hoch in seine Gegenwart.

Das meiste aber war endgültig abgesoffen. Und damit auch ein Teil seiner selbst. Es war nicht mehr so sehr viel übrig von dem, was er einmal war. Kurios: Das machte ihm nichts aus. Manchmal schien es ihm, als brächte dieses Vergessen sogar eine Erleichterung.

Sein Geist schien ihm wie matt parfümiert. Da waren allenfalls fade Erinnerungen an all die Schriften, die ihn

einst so massiv beschäftigt hatten: einzelne Sentenzen, verwaschene Bilder, hier und da ein Vers.
Eine Szene grell: Wie einer dem verstümmelten, noch blutenden Leib des Feindes das Herz entreißt. Von einem Autor des 19. Jahrhunderts kühl beschrieben. Und ein Literaturheld aus dem 13. Jahrhundert kam ihm immer wieder in den Sinn. Ein christlicher Held, der durch einen Krieg gegen die Andersgläubigen taumelt, einen Krieg, den er zunehmend weniger versteht.
Seine Jugendliebe Alma Lupinski hatte oft von diesem Text gesprochen.
Die Touristin setzte zu weiterem Jubel an.
Mr. Odino floh.

Mr. Odino hat eine Frage

Würde Alma Lupinski ihn sehen wollen? Würde sie ihn in ihre Wohnung …
Er hatte gehört, dass sie sehr eigenwillig geworden sei. Aber das war sie doch immer schon, hatte er gedacht. Und gelacht, nicht laut, nur so in sich hinein. Man hätte es nicht sehen können. Aber, so seine anschließende Überlegung, es gab wohl eine Steigerung der Eigenwilligkeit. Das Wort verrückt war gefallen. Nur noch einen kleinen Jungen lasse sie an sich heran.

Mr. Odino kennt die Antwort

Nein, sie würde ihm die Tür nicht öffnen. Das war mal sicher. Aber er wollte es gleichwohl nicht unversucht lassen. Die Sturheit des Alters.

Mr. Odino hatte einiges auf sich genommen. Er war nicht von der Klippe gesprungen. Hatte seine Hotelrechnung und ein Flugticket bezahlt, nach dem Flug eine mehrstündige Zugreise überstanden und, angekommen an seinem Zielort, einem Taxifahrer die Adresse von Alma Lupinski genannt.

Nein, sie würde ihm die Türe nicht öffnen. Aber er hatte sie belauert, hartnäckig belauert – und jetzt nur ein paar Tage später kannte er einen Weg zu ihr. Einen Weg, der zumindest sehr nah an sie heranführen würde.

Ein geradezu ungeheuerlicher Zufall hatte ihm nach wenigen Lauertagen diesen Zugang eröffnet.

Ja, er hatte das Haus beobachtet, das Haus, in dem er Alma Lupinski wusste.

Ein sonderbares Haus. Alma Lupinskis Haus. Es hatte zweifellos schon bessere Zeiten gesehen. Aber es war nicht baufällig. Schmal und etwas geduckt, geradezu übertrieben unauffällig, fügte es sich in die Straßenzeile.

An vier Tagen hatte er das Haus beobachtet. Die meiste Zeit hatte er in einem Mietwagen gesessen, viele Stunden auch am Fenster des muffigen Cafés, das sich auf der gegenüberliegenden Straßenseite befand.

Das wusste er: Es gab Räume im Souterrain, eine Wohnung im Parterre, eine Wohnung im ersten Stock und eine Mansardenwohnung im Dach.

Im Souterrain hauste ein alter Mann – er hatte die obere Hälfte eines weißbehaarten Schädels mehrmals an den schmalen Fenstern sehen können. Zu ihm gehörte eine unauffällige Frau in den mittleren Jahren. Mr. Odino vermutete, dass es sich um die Tochter oder die Haushälterin des Alten handelte.
Das Parterre bewohnte eine attraktive Frau, jedenfalls war sie in den Augen von Mr. Odino attraktiv. Er schätzte ihr Alter auf Anfang vierzig. Sie war oftmals ein- und ausgegangen. Meistens war sie mit einem gefüllten Einkaufsbeutel zurückgekommen. Möglicherweise die Nichte. Agnes war ihr Name, wenn er sich recht erinnerte. Alma Lupinski hatte diese Agnes, die damals noch ein Kind gewesen war, gelegentlich erwähnt.
Er vermutete Alma Lupinski in der Wohnung im ersten Stock. Nein, er war sogar sicher, obwohl er sie nicht gesehen hatte. Sie hatte das Haus in dieser Spähzeit nicht ein einziges Mal verlassen.
Das Dachgeschoss schien unbewohnt. Die kleinen Fenster waren stets geschlossen und völlig eingestaubt.
Am dritten Tag seiner Lauer – er hatte schon an ein Aufgeben gedacht, aber zugleich gewusst, dass er das nicht tun würde – war ein Besucher erschienen und mit der Frau, die Mr. Odino für die Nichte hielt, ausgegangen. Was sie auch immer unternommen hatten, die Frau schien, als sie nach zwei Stunden zurückkamen, nicht sonderlich erfreut.
Und ein Kind, ein Junge war aufgetaucht. Er schätzte dessen Alter auf zwölf, höchstens dreizehn Jahre. Wahrscheinlich der Junge, der bei Alma noch Gnade fand. Ihn hatte er im Auge behalten wollen. Er hatte erwogen, ihn unter irgendeinen Vorwand anzusprechen. Es war ihm aber kein

Vorwand eingefallen. Da hätte ein peinlicher Eindruck entstehen können. Ein alter Mann in einem dreiteiligen Maßanzug unter dem offenen Tuchmantel, der sich an einen hübschen kleinen Jungen heranmacht. Er hatte den Jungen genau betrachtet und glaubte, eine Mischung aus Trotz und Versonnenheit in dessen Mimik und Haltung ausmachen zu können.

Aber dann: der Zufall. Am Abend des dritten Tags ging ein Mann, Mr. Odino fand ihn etwas windig, entschlossen auf das Haus zu. Er ging aber nicht hinein. Er blieb, den Rücken der Haustür zugewandt, stehen. So wie er dort stand – die Hände in den Hosentaschen, eine Mappe unter den Arm geklemmt – und mit unruhigen Blicken die Straße nach rechts und links absuchte, schien er auf jemanden zu warten. Und tatsächlich, bald darauf tauchte ein junges Pärchen auf. Nach einer knappen Begrüßung verschwanden sie im Haus. Erstmalig gingen Lichter im Dachgeschoss an. Auch die Köpfe der jungen Leute erschienen an den Fenstern. Das, was offensichtlich eine Art Besichtigung gewesen war, fand schnell ein Ende. Und es war nicht einmal eine Viertelstunde vergangen, da standen sie wieder auf der Straße und verabschiedeten sich.

Mr. Odino folgte dem Mann, den er, wie sich schnell bewahrheitete, für einen Wohnungsmakler gehalten hatte. Als er ihn schließlich einholte und nach der Wohnung im Dachgeschoss befragte, musterte ihn der Makler irritiert.

Der Makler schwitzte. Er wischte sich mit einem Taschentuch den Schweiß von der Stirn.

»Das ist keine Wohnung, die für Sie in Frage käme«, sagte er dann schnaufend.
»Warum?«
»Sie ist in keinem guten Zustand. Man müsste sie auch entrümpeln. Sie ist vollgestellt mit altem Zeug. Und gründlich renoviert werden müsste sie auch. Ich kann mir nicht vorstellen, dass Sie dort wohnen wollen.«
Wenn ein Makler derart gegen die eigenen Interessen sprach, dann musste diese Wohnung, das war Mr. Odino klar, in einem miserablen Zustand sein.
»Ich würde sie mir trotzdem gerne ansehen.«
Dem nachdenklichen Blick des Maklers begegnete Mr. Odino mit einer Lügenkaskade.
Er habe die meiste Zeit im Ausland zu tun, allenfalls einmal im Monat führten ihn seine Geschäfte in diese Stadt. Er benötige nur einen Schlafplatz für die gelegentlichen Aufenthalte. Dass er den in diesem Viertel, ausgerechnet in dieser Straße zu finden hoffe, liege daran, dass er hier nur wenige Häuser entfernt den glücklichsten Teil seiner frühen Kindheit verbracht habe. Ja gewiss, das sei eine Sentimentalität, in die er sich verstiegen habe, das wisse er schon. Ja, und er wisse auch, dass die Gegend sich nicht zum Besseren verändert habe, doch er habe sich die Sache nun mal in den Kopf gesetzt.
Gerade als er diese Lügen vorgebracht hatte, näherte sich ein lärmender Menschenpulk.
Der Makler sagte, nein, er brüllte, weil er den Lärm übertönen musste, dass er es eilig habe und dass Mr. Odino ihn anrufen solle. Er sei allerdings sehr beschäftigt in den nächsten Tagen. Er, also Mr. Odino, könne ja mal vorsichtig bei Frau Agnes Lupinski im Erdgeschoss anfragen, ob

die bereit sei, ihm die Wohnung zu zeigen. Das sei zwar nicht die Besitzerin, sie sei aber befugt, die Vermietung zu regeln. Dann übergab er ihm seine Visitenkarte und eilte davon. Offensichtlich hatte er nicht das geringste Interesse daran, nochmals in dieses Dach zu steigen.

Bärentrost notiert

Da schleicht einer seit Tagen ums Haus. Der Kerl kommt mir irgendwie bekannt vor.
Und jetzt kommen auch die schon wieder, diese Krakeeler.
Parolen, die man nicht versteht und auch nicht verstehen soll.
Heute wollte er nicht weiterschreiben.
Aber auf seinen Merkzettel notiert er:
– Das Kaleidoskop der Verhängnisse
– Die Sehnsüchte ohne Bestimmung
– Die Wut über alles
– Die Liste der Erbärmlichkeiten
– Das Ausbleiben des Erbarmens

Er lehnte sich zurück und dachte nach. Dann fiel ihm die Reportage wieder ein, die er am Abend zuvor gesehen hatte.
Bei Bärentrost lief der Fernseher durchgängig. Er sondierte täglich die Programmzeitschrift auf der zumeist vergeblichen Suche nach ernstzunehmenden Reportagen. Sie waren sein Zugang zu den Geschehnissen in der Welt.

Eine Reportage über die Rückkehr der Wölfe setzte eine Vision frei, die ihn wieder zum Stift greifen ließ.

Die wütende Meute: Der Wolf muss weg. Der Wolf muss weg. Knallt ihn ab.
In der Meute ist eine Veganerin, sie hat Angst um ihre Schafe.
Sie entwirft einen Plan zur Abschaffung aller Tiere, die Tiere fressen.
Die Schweine haben eine Eingabe gemacht: Sie könnten zur Not auf das Fleisch verzichten.
Ein besonderes Zuchtschaf stirbt auf seiner Flucht in die freie Natur, weil es nicht geschoren wurde. Es erstickt in seiner Wolle.

Agnes Lupinski wundert sich abermals

Agnes Lupinski hatte kaum wieder auf ihrem Küchenstuhl Platz genommen, als sie erneut durch die Haustürklingel aufgeschreckt wurde. Vor der Türe stand ein alter Herr (ja, das ist noch mal ein »Herr«, dachte sie). Ein alter Herr, (müsste man in diesem Fall nicht sagen »älterer« Herr, dachte sie) der seinen Hut lüftete (wer trägt heute noch einen Hut, dachte sie) und der sich leicht verbeugte.
Mr. Odino sagte, dass Professor Dr. Odino sein Name sei und dass der Makler ihn an sie verwiesen habe. Agnes Lupinski fuhr sich nervös durch die Haare – ein sinnloser Versuch der Formgebung, den sie zwanghaft durchführte, obwohl ihr die Sinnlosigkeit dieser Maßnahme bewusst war. Dann sagte sie, dass der Makler sie zwar informiert

habe, dass sie aber so kurzfristig nicht mit ihm gerechnet habe.
Mr. Odino ignorierte den letzten Teil ihres Satzes. Dann wisse sie ja, sagte er, dass er sich für die Wohnung im Dachgeschoss interessiere.
Agnes Lupinski sagte, dass sie nicht glaube, dass die Wohnung für ihn in Frage komme. Möglicherweise habe ihn der Makler über den Zustand der Wohnung im Unklaren gelassen.
Diesen Dialog gab es kürzlich schon einmal, dachte Mr. Odino, und nahm Anlauf für die Wiederholung seiner Lügenkaskade. Aber er bremste sich. Der Schwindel hätte schnell ein Ende, spätestens wenn Alma Lupinski ins Spiel käme. Außerdem wäre es nicht anständig, diese liebenswürdige Frau, die ihn verwundert ansah, so dreist zu belügen.
Ob sie ihm gleichwohl, ungeachtet ihrer Bedenken, gestatten wolle, einen kurzen Blick in die Wohnung zu werfen, fragte er artig.
Agnes nickte etwas ratlos und holte den Schlüssel für die Dachgeschosswohnung.

Mr. Odino wundert sich nicht

Agnes Lupinski wunderte sich, dass der Zustand des Dachgeschosses Mr. Odino nicht sonderlich zu verwundern schien.
Im Gegenteil, er machte, als er munter durch die vollgerümpelten Räume schritt, einen zunehmend amüsierten Eindruck.

Aber vielleicht, so dachte sie, amüsierte es ihn, dass jemand es wagte, eine Wohnung in diesem desolaten Zustand anzubieten.
Die Sache war ihr peinlich. Sie hörte sich sagen, dass die Wohnung nicht ihr gehöre und dass ihr nur die Vermittlung auferlegt worden sei. Sogleich schämte sie sich zudem für das Wort »auferlegt«. Sie dachte an die Großzügigkeit ihrer Tante, an die geringe, eigentlich nur symbolische Miete, die sie für ihre eigene Behausung abführen musste. Sie hatte nicht das Recht, sich in dieser Weise zu distanzieren. Verstört durch die Anflüge von Pein und Reue, schien ihr die Frage, die der seriöse Herr soeben an sie gerichtet hatte, entgangen zu sein. Wahrscheinlich aber hatte sie das, was er gerade gefragt hatte, auch nicht glauben können. Auf ihr mattes »wie bitte?« hin wiederholte Mr. Odino seine schlichte Frage: ob er denn schon recht bald hier einziehen dürfe.
Agnes Lupinski war fassungslos.
Eine Antwort wurde ihr erspart, weil Max in diesem Moment hereinstürmte.
Er baute sich vor Mr. Odino auf.
»Wer sind Sie? Was wollen Sie?«
Er schrie das.
Agnes Lupinski kam aus dem Staunen nicht heraus. So rabiat kannte sie ihren kleinen Neffen nicht. Bevor sie beruhigend auf ihn einwirken konnte, sagte Mr. Odino freundlich:
»Man nennt mich Mr. Odino, und ich möchte gerne hier einziehen.«
Maximilian stampfte mit seinem Fuß auf.
»Nein, das geht nicht«, schrie er, »nein, nein, nein.«

Obwohl er leichte Turnschuhe trug, wirbelten Staubwolken auf.
Mr. Odino blieb ruhig.
»Magst du mir sagen, warum ich hier nicht einziehen soll?«, fragte er sanft.
Max versteinerte und schwieg.
Agnes Lupinski fand auch keine Worte. Stumm schaute sie von einem zum anderen, es war sehr still geworden. Eine Schmeißfliege kreiselte und brummte am blinden Fenster. Draußen bellte ein Hund.
Irgendwo tickte eine Uhr. Wer hatte sie aufgezogen?
Nach einer Weile schielte Max ängstlich zu seiner Tante.
Agnes Lupinski wirkte noch immer ratlos und verwirrt.
Mr. Odino lächelte weiterhin und sagte:
»Vielleicht sollte ich das mit dem jungen Herrn hier unter vier Augen bereden, gewissermaßen unter Männern.«
Sein Ton, er bemerkte es selbst, hatte etwas unangenehm onkelhaftes.
Mr. Odino wandte sich zu Agnes, seine Miene sagte, dass er wisse, was er tue.
Agnes Lupinski nickte, als habe sie das irgendwie verstanden – irgendwie. Dann verließ sie die Wohnung. Tatsächlich wusste sie nicht, was sie von all dem halten sollte. Für den Moment aber sehnte sie sich nach der Sicherheit ihres Küchenstuhls.

Der Pakt

Mr. Odino setzte sich. Vielmehr: Er versank unvorhersehbar tief in einem Plüschsessel, so tief, dass seine Knie steil vor ihm aufragten und der Hut in sein Gesicht rutschte. Wie er da mehr lag als saß und unter der Hutkrempe hervorblinzelte, wirkte er nicht sonderlich bedrohlich, fast schon komisch.

Aber Max lachte nicht.

»Vielleicht«, so sprach Mr. Odino, er hatte jetzt zu einem eher kollegialen Ton gefunden, »vielleicht kann ich dir ja helfen. Vielleicht, können wir uns einigen – wie auch immer. Vielleicht brauchst du die Wohnung ja – für was auch immer.«

Er hatte den richtigen Zugang erspürt.

»Ja«, sagte Max, immer noch trotzig. »Ja, genau, ich brauche die Wohnung.«

»Aber du kannst sie nicht selber mieten.«

Max schüttelte traurig den Kopf.

»Wenn du mir sagst, wofür du die Wohnung brauchst, finden wir eine Lösung, die für uns beide gut ist. Lass uns reden.«

Max schien zugänglicher.

»Ich muss sie erforschen. Und ich bin noch lange nicht fertig damit«, sagte er mit fester Stimme.

Max war froh, dass ihm das Wort »erforschen« eingefallen war, es gab seinem Tun eine Wichtigkeit.

Mr. Odino sprach mit großem Ernst.

»Wenn ich die Wohnung möbliert mieten würde, könntest du hier forschen, wann du willst.«

Max traute der Sache noch immer nicht. Man sah es ihm an.

»Sie werden alles rausschaffen und dann renovieren.«

»Nein, ich schwöre, ich werde das nicht tun. Ich lasse alles, wie es jetzt ist. Wenn du es erlaubst, würde ich irgendwo

ein brauchbares Bett aufstellen. Natürlich nur dort, wo es deine Arbeit nicht behindert.«
Max sah ihn zweifelnd an.

Die Verhandlung zog sich hin. Max war ein zäher Verhandler. Schließlich konnten sie sich einigen.
Ihr Pakt: Max wurde die ungestörte und unbegrenzte Erforschung der Wohnung zugesichert, wenn er sich im Gegenzug kämpferisch für Mr. Odino einsetzen werde, vor allem bei den anstehenden Mietverhandlungen mit Alma Lupinski.
Gerade, als sie ihren Pakt mit einem Handschlag besiegelten, hörten sie schwere Schritte auf der Treppe. Beide wussten, wer da gleich hereinkommen würde. Und dass es nicht Agnes Lupinski sein würde.
Mr. Odino hievte sich sichtbar mühsam aus dem Sessel, kam krumm hoch, konnte sich aber straffen, nahm den Hut ab und ordnete seine Kleidung. Auch Max straffte sich, so dass sie sich dicht an dicht in strammer, ja geradezu militärischer Aufstellung vor Alma Lupinski präsentierten, als diese den Raum betrat.
Wieder war es sehr still. Wieder bellte ein Hund draußen. Max überlegte, ob der immer noch oder schon wieder bellte und ob er in dem Gebell eine Warnung sehen sollte. Es blieb ihm aber keine Zeit für weitere Überlegungen.
Alma Lupinski stand vor ihnen. Sie hatte keinen Blick für ihren Enkel. Sie musterte Mr. Odino. Ein bohrender Blick.
War sie erstaunt?
Man konnte es nicht erkennen.
»Was ist hier los?«, sagte sie barsch. Es war keine Frage, es war eine Geständnisaufforderung.

»Das ist Mr. Odino, und ich möchte, dass er hier einzieht«, rief Max hastig und mit dünner Stimme.
»Ich weiß, wer das ist«, donnerte Alma Lupinski, ohne ihn anzusehen.

Es war der Tag der geheimen Verhandlungen.
Diesmal wurde der verwirrte Max gebeten, den Raum zu verlassen.

Mr. Odino in Not

Mr. Odino hatte das Gefühl, etwas zu schrumpfen. Als er so armselig ohne seinen kleinen Mitstreiter vor Alma Lupinski stand, ein Spottbild geradezu, hätte er beinahe, um sich Luft zu verschaffen, rezitiert: »Ich bin all hier …« Es lag ihm auf der Zunge. Aber zum Schüler oder zum Igel wollte er doch nicht verkümmern.
Kurzum: Mr. Odino ist verlegen. Um die Verlegenheit zu überwinden, stellte er eine Frage, die ihm mehr oder weniger zufällig in den Sinn rutschte, eine Notfrage:
»Liebst du deine Gattung?«
»Wie bitte??«
Alma Lupinski glaubte, sich verhört zu haben.
»Liebst du deine Gattung?«
»Wovon sprichst du? Was meinst du?«
Alma Lupinski war verblüfft.
»Liebst du die Menschheit?« Mr. Odino modifizierte.
»Nein, nein«, raunzte Alma Lupinski, »›die Menschheit‹ ist eine Fiktion. Es gibt sie nicht. Es gibt kein Menschen-Wir. Deshalb ist ›die Menschheit‹ auch nicht lernfähig. Es

gibt nur die einzelnen unseligen Exemplare, die sich mal in größeren, mal in kleineren Rotten zusammentun. Das Rotten-Wir jedoch ist heillos.«

Alma Lupinski war in ihrem Element.

»Nein, Odino, diese Menschheit oder das, was man so nennt, sie scheint mir nicht liebenswert. Da spricht viel dagegen. Du hast wohl vergessen, dass ich mich, als wir uns kennenlernten, gründlich mit dem Dreißigjährigen Krieg beschäftigt habe, sonst würdest du mir diese idiotische Frage nicht stellen. Dieser Krieg war ein mörderisches Gemetzel, das halb Europa verwüstete und nur in der Ermüdung ein Ende fand, und ich habe nicht den Eindruck, dass ›die Menschheit‹ seitdem zu irgendeiner Einsicht gekommen wäre, im Gegenteil …«

Sie unterbrach sich.

Vollbremsung.

»Aber was rede ich hier?«

Mr. Odino machte noch einen Versuch

»Wir sollten uns überlegen …«

Aber da war nichts mehr zu machen.

»Nein, Odino. Keinesfalls. ›Wir‹ sollten uns gar nichts überlegen! Das ist doch völlig absurd. Du tauchst hier unangekündigt nach Jahrzehnten auf und versuchst, mich umstandslos in irgendein beliebiges Geschwätz zu zerren. Das ist doch grotesk. Was bildest du dir ein? Eine ungeheure Frechheit!«

Sie donnerte:

»Jetzt mal zur Sache:
Was machst du hier?
Wo kommst du her?
Wie kamst du rein?

Und wie siehst du aus? Kaum wiederzuerkennen, so ganz ohne Haare. Der Schnurrbart steht dir auch nicht. Du gehörst nicht mehr in meine Zeit. Du hast dich zeitlich verlaufen. Im Übrigen: Ist es nicht hochgradig windig, sich so einzuschleichen?«

Alma Lupinski war mächtig wütend. Aber sonderbar – ihre Wut ließ Mr. Odino hoffen. Er hatte mit einem wortkargen kalten Rausschmiss gerechnet.

»Ja, das ist wahr. Du hast recht. Es tut mir leid. Aber ich sah keine andere Möglichkeit.«

Mr. Odino legte die rechte Hand auf die Brust und senkte sein Haupt.

»Unterlasse bitte das Schmierentheater. Also, Odino, rede endlich: Was trieb dich hierher?«

»Ich weiß es nicht.«

»Du weißt es nicht??«

»Ich weiß es nicht. Der Wind vielleicht, der Starrsinn wohlmöglich, oder eine Laune, oder eine Phantasie, oder eine Erinnerung, eine Sehnsucht gar – such es dir aus. Jedenfalls: Ich habe in der letzten Zeit oft an dich denken müssen. Hast du nie an mich gedacht?«

»Nein.«

»Wirklich nie?«

»Nein.«

»Nicht einmal ganz flüchtig?«

»Na ja doch. Erstaunlich. Vor ein paar Tagen. Erstmalig. Aber nur kurz und sehnsuchtsfrei. Bilde dir nichts drauf ein.«

Mr. Odino wirbelte hoch:

»Vor ein paar Tagen? Wirklich vor ein paar Tagen? Vor ein paar Tagen hast du an mich gedacht?«

»Ja ja, ist ja schon gut. Beruhige dich.«
»Aber das ist doch großartig. So ein seltsames Zusammenspiel. Eine großartige Fügung. Ein Wink des Schicksals. Findest du nicht?«
»Nein. Lassen wir den Kitsch beiseite – nennen wir es Zufall.«

Sagte die gute Tante: Man sagt, weit, weit im Nordosten, viele Wanderungen entfernt gäbe es eine Gegend, aus der sich plötzlich all diese großmächtigen Mörderwesen zurückgezogen hätten. Alle. Fluchtartig. Alle. So wird es erzählt. Irgendetwas hätte sie erschreckt. Mächtig erschreckt.
Sagte der Junge: Warum gehen wir nicht eben dorthin?
Sagte der Greis: Vorsicht. Man sagt auch: Die Monster hätten die Gegend grausam verzaubert. Man könne es nicht sehen, man könne es nicht riechen, aber es sei gefährlich. Eine kriechende Vernichtung. Die Wälder, die Felder unmerklich durchzogen von tödlichen Strömen. Hört auf mich! Hört auf meine Warnung!

Und nun?

Nun ja, was soll schon sein. Die Hausbewohner waren ein wenig verstört. Ratlos auch.
Mr. Odino wankte und wich nicht. Er blieb einfach am erkämpften Ort und überstand stoisch die nächsten drei Zornausbrüche der Alma Lupinski.
Max – nach beharrlichem Bitten wieder zugelassen – stand ihm tapfer bei und wich fortan von seiner Seite nicht, was die Attacken der Alma Lupinski milderte.

Agnes Lupinski dagegen saß fernab auf ihrem Küchenstuhl und dachte nach über das Leben und die Liebe und wie alles weitergehen könnte. Aber dieses Denken war gefangen in einer Endlosschleife.
Großschwager von Bärentrost wusste von alledem nichts, aber er hatte geglaubt, eine gewisse Unruhe im Haus wahrgenommen zu haben. Die Unruhe hatte ihn beunruhigt.
Im Moment aber war es still.
Die Stille beunruhigte ihn auch.

Ein halber Tag war so ins Land gegangen. Seit drei Stunden regnete es stark. In den Pfützen glitzerte die Straßenbeleuchtung. Das war nicht selbstverständlich. In der letzten Zeit war sie häufig ausgefallen.
Die Verdunkelung, die der Abend brachte, brachte auch eine Ermüdung zu den Kontrahenten.
Alma Lupinski hatte lustlos zwei Käsebrote gegessen.
Agnes Lupinski verachtete sich dafür, dass sie, gegen jede Gewohnheit, ein Fertiggericht in die Mikrowelle geschoben hatte. Sie wusste, es würde ihr und Max nicht schmecken.
Und so war es.
Bärentrost hatte den Linseneintopf, den Irmgard ihm bereitgestellt hatte, aufgewärmt und gern gegessen. Jetzt erfreute ihn der Gedanke, dass Irmgard, auf ihrem nächtlichen Rückweg, wenn sie um dreiundzwanzig Uhr pünktlich wie immer wiederkäme, voraussichtlich patschnass sein würde.
Und so war es.

Ach ja – das war folgenschwer –, Alma Lupinski hatte sich, als sie bemerkte, dass Max weiterhin fast schon unter

Tränen für den Verbleib von Mr. Odino kämpfte, etwas erweichen lassen. Und so war es auch zu weichen Abmachungen und Zugeständnissen gekommen: Man könne ja probeweise so eine Art Wohnrecht gewähren, vorerst nur befristet und ohne vertragliche Bindung. Alma Lupinski hatte das Wort befristet wiederholt und – als hätte sie es mit einem Idioten zu tun – hinzugesetzt: befristet, das heißt jederzeit aufhebbar! Außerdem müsse Bärentrost noch gefragt werden.
Diese letzte Einschränkung überhörte Mr. Odino geflissentlich. Er setzte den Hut auf, sagte munter, dass er sofort in sein Hotel gehen und am nächsten Morgen seine neue Behausung beziehen werde.

Bärentrost und Alma Lupinski

Bei Bärentrost klingelte das Telefon.
– Ja, Bärentrost hier.
– Ich bin es, Alma. Ich möchte dich informieren.
– Was ist los?
– Vielleicht haben wir einen Mieter.
– Ach ja?
– Ja, es ist Odino. Kannst du dich an ihn erinnern?
– Undeutlich. Das ist doch dieser Mister, für den du dich eine Zeitlang erwärmt hast.
– Ja.
– Hast du nicht seinetwegen meinen Bruder sitzenlassen?
– Das wollen wir nicht erläutern.
– Hast du dich neu für ihn erwärmt?

– Nein.
– Was will er dann hier?
– Das weiß ich nicht.
– Das weißt du nicht??
Alma wurde unwirsch.
– Ich mache es kurz. Der Kleine mag ihn. Im Übrigen, Odino bekäme allenfalls ein vorläufiges Wohnrecht. Auf Probe gewissenmaßen.
– Will er entrümpeln?
– Nein, er will die Wohnung so beziehen, wie sie ist. Also möbliert.
Bärenklau lachte.
– Möbliert ist gut. Hat er Geld? Kann er Miete zahlen?
– Das ist sicher kein Problem. Er bezieht eine satte Beamtenpension.
– Wenn er Unruhe ins Haus bringt, fliegt er sofort raus. Sag ihm das.
– Guten Abend.
– Guten Abend.

Mr. Odino und Maximilian Artem forschen

Sie hockten nebeneinander auf dem Fußboden. Mr. Odino hatte, als er sich zu dem Jungen heruntersinken ließ, Bedenken, ob ihm ein würdevolles Aufstehen aus dieser Position hernach gelingen könnte, aber er schob sie vorerst beiseite, jetzt kam es darauf an, sich dem Jungen angenehm zu machen.
Sie hatten mit vereinter Kraft zwei große Truhen aus der

kleinen Kammer, die Mr. Odino zu seinem Schlafzimmer erklärt hatte, gezerrt und in den größten Raum geschoben. Der Raum, der vormals wahrscheinlich als Wohnzimmer gedacht worden war.
Die Untersuchung konnte beginnen.

Truhe I

»Diese Truhe ist gut und gerne dreihundert Jahre alt«, sagte Mr. Odino, nachdem er sie prüfend betastet und umrundet hatte. »Die hat sogar einen Wert. So ein gutes Stück hätte ich hier nicht vermutet. Du kannst das Alter am Schloss und an den Scharnieren erkennen. Auch die Verarbeitung des Holzes …«
Max war offensichtlich nicht scharf auf längere möbelgeschichtliche Unterweisungen.
»Können wir sie öffnen?«
»Ja klar.«
Der Truhendeckel ließ sich erstaunlich leicht bewegen. Als sie ihn zurückschlugen, quietschte er freundlich.
Der Truheninhalt war abgedeckt mit einer weinroten Brokatdecke.
Mr. Odino nahm sie spitzfingrig herunter und legte sie auf einen nahestehenden Stuhl.
Max wirkte enttäuscht, als ein Abendkleid aus schwerer smaragdgrüner Seide ans Licht kam.
Mr. Odino dagegen schien etwas wehmütig – überlegte er, ob Alma Lupinski diese Robe einst getragen haben könnte? –, schließlich hob er sie behutsam auf den Stuhl.

Dann wurde die Suche für Max etwas interessanter. Eine Mützensammlung. Mützen in vielen Formen und Farben. Darunter einige zerdrückte Hüte. Mr. Odino boxte einen Panamahut in Fasson und brachte ihn dann auf seinen kahlen Schädel. Max schnappte sich eine braune lederne Kappe mit Kinnriemen, wie sie einst die frühen Flieger und Motorradfahrer getragen hatten, und rannte damit zu einem der vielen alten Wandspiegel. Auch nachdem er den Spiegel mit dem Jackenärmel in seiner Sichthöhe entstaubt hatte, konnte er sich nicht sehr scharf erkennen, aber es genügte, um ihn zufriedenzustellen.
Sie sahen einander an und fanden sich lustig.
Mr. Odino zog die Abdeckung – ein beiges Leinentuch – der nächsten Abteilung herunter. Dort lagerten Fußbekleidungen aller Art. Vom Latschen bis zum Stiefel. Einträchtig sortierten sie, der Junge und der Alte, die Damenschuhe aus und stellten sie neben die Truhe. Auch hier verharrte Mr. Odinos Blick versonnen auf eleganten Lackpumps in der Mode seiner Jugendzeit, bevor er weiterarbeitete.
Max zog seine Turnschuhe aus und probierte munter allerlei Schuhwerk. Schließlich fand er ein Paar altmodische Wanderstiefel, die ihm passten und gefielen. Auch Mr. Odino gefiel sich in Pantoffeln, die reich bestickt waren mit orientalischen Mustern.
Dann legten sie die Funde mit Ausnahme der Pantoffeln und der Wanderstiefel wieder zurück in die Truhe. Sorgfältig.
Als sie den Truhendeckel schlossen, sahen sie einander befriedigt an.

Jetzt saßen sie nebeneinander auf dem Boden. Ihre Rücken lehnten gegen die erkundete Truhe – der von Mr. Odino schmerzte. Aber er ließ sich nichts anmerken.
Ihm schien dies die Gelegenheit für ein wenig Konversation zu sein.
Draußen jaulte ein Hund.

Mr. Odinos erbärmlicher Versuch einer pädagogischen Unterweisung

»Hast du kein Handy?«
»Doch.«
»Ich sehe dich nie damit. Deine Altersgenossen wenden keinen Blick davon ab.«
»Ich habe mein Smartphone zu Hause gelassen und auch das iPad und den Computer.«
»Weil du nicht zurechtkommst damit?«
»Doch, ich kann das. Schon lange. Mein Vater schenkt mir immer die neuen Modelle. Aber ich mag das nicht.«
»Du magst das nicht?«
»Nicht mehr. Früher ja, jetzt nicht mehr. Ich hatte sogar mal einen Blog …«
»Und?«
»Ich mag nicht mehr …«
»Ach ja? Da bist du sicher der Einzige in deiner Klasse, der das nicht mag.«
»Ja.«
»Macht dir das etwas aus?«
»Nein.«

»Mögen dich die anderen nicht?«
»Einige nicht, die meisten aber schon.«
Mr. Odino spürte, da kam er nicht weiter. Er wechselte das Thema.
»Was willst du einmal werden?«
»Ein Wolf.«
Mr. Odino wusste nicht, ob er diese Antwort ernst nehmen sollte, aber er beschloss, gleichwohl ernsthaft darauf einzugehen.
»Das geht nicht.«
»Warum nicht?«
»Das ist eine andere Gattung.«
»Das verstehe ich nicht, und das will ich nicht verstehen. Du sollst es mir auch nicht erklären.«
Mr. Odino war froh, dass Alma diese Unterhaltung nicht gehört hatte.

Agnes Lupinski fröstelt

Agnes Lupinski fröstelte. Sie fühlte sich verlassen. Max, Tante Alma und dieser merkwürdige Mr. Odino hatten sich, so empfand sie das, zu einem gleichermaßen merkwürdigen Bündnis gefunden.
Was einte sie?
Was taten sie?
Was planten sie?
Der Kleine tauchte nur noch zu den Mahlzeiten bei ihr auf. Auch schien er ihr sehr schweigsam. Aber sie würde ihn nicht ausfragen. Nein, das wäre nicht klug. Und es wäre unter ihrer Würde.

Sie hatte immer gerne allein gelebt.
Jetzt aber war sie nicht gerne allein.
Ob sie Frederic anrufen sollte?
Nein.

Geselliges Beisammensein

… und Max hatte eine Frage:
»Warum heißt du Mr. Odino?«
Das konnte der beantworten, wenn auch höchst ungern.
»Ich war Schüler in einem englischen Internat, und als ich zurückkam, haben mich alle so genannt, und dabei blieb es.«
»Hast du keinen Vornamen?«
»Doch, aber ich mag ihn nicht.«
»Verrätst du mir deinen Vornamen?«
Mr. Odino zögerte, gab aber nach.
»Na gut. Du bist seit vierzig Jahren der Erste, dem ich diesen Namen verrate: Gotthelf.«
Alma Lupinski lachte. Mr. Odino warf ihr einen finsteren Blick zu.
»Mir hast du damals diesen Vornamen nicht verraten«, sagt sie in gekränktem Ton.
War das gespielt, oder war da tatsächlich ein alter Stachel?
Max war nicht mehr interessiert an diesem Thema.
»Ich sage weiter Mr. Odino zu dir«, sagte er, »und du kannst Max zu mir sagen.«

Agnes Lupinski ist ratlos, noch immer

Was könnte sie tun?
Mit Frederic in eine Wohnung ziehen? Eine Wohnung in einer besseren Gegend, die sie gemeinsam aussuchen und in der sie als glückliches Paar residieren würden?
Sie fror.
Oder hier?
Nein, er würde auch aus dieser Wohnung in kurzer Zeit ein Designwunder machen.
Wollte sie ewig in Almas und Bärentrosts Häuschen bleiben?
Sie wusste das nicht.
Unwillkürlich wanderte ihr Denken in die Zukunft.
Alma und Bärentrost waren nicht die Jüngsten …
Sie zwang sich zu gedanklicher Sorgfalt und damit in die Abgrundnähe.
Also. Härter gedacht:
Die beiden würden wahrscheinlich vor ihr sterben.
Dann würde das Häuschen wahrscheinlich ihr gehören.
Und dann?
Wollte sie dann alle ihre Tage einsam in diesem Häuschen …
Sie war gerade noch in einem Alter, in dem sie etwas ganz Neues beginnen könnte.
Was könnte das sein?
Sie ging in sich.
Und fand: Leere.
Nochmals: Wollte sie heiraten?
Das hatten wir ja schon.
Da waren deutliche Umschwünge nicht zu erwarten.

Aber sie wusste … und im Grunde hatte sie das immer gewusst …

Truhe II

Die zweite Truhe war eine alte Bauerntruhe, deren naive Bemalung kaum noch zu erkennen war. Mr. Odino enthielt sich jeder Bemerkung über den Wert bäuerlicher Volkskunst im Allgemeinen und Besonderen.
Sie öffneten den Deckel. Obenauf lag eine große, prall gefüllte lederne Damenhandtasche. Sie schauten kurz hinein, hatten aber kein Interesse an der chaotischen Sammlung weiblichen Bedarfs, die dort einzusehen war. Eine dezente Geruchsmischung von Parfüm und Zigarettenrauch hing für einen Moment noch in der Luft.
»Die Handtasche solltest du deiner Großmutter oder deiner Tante zeigen. Möglicherweise wissen sie, was es damit auf sich hat.«
Max nickte abwesend. Er hatte ein Baumwolltuch heruntergezogen und schaute nun erstaunt auf ein strähniges Wirrwarr. Haufenweise Haare in vielen Farben und Formen. Struppige, glatte, gelockte, strähnig, seidig, üppig, kurz und lang, stumpf und glänzend.
Auch Mr. Odino starrte auf die haarige Landschaft. Ihn schauderte.
Ihm schien, als bewegten sich die Haarhügel minimal, als wären da kleine untergründige Eruptionen, als würden sich sogleich einzelne Strähnen über den Truhenrand schlängeln und …
Max erlöste ihn. Er rief:

»Was ist das?«
Mr. Odino fand wieder in seine Rolle. Er ergriff ein gewaltiges rotbraunes Haarbündel, zog es heraus und hielt es hoch wie einen erbeuteten Skalp.
»Perücken«, sagte er und lachte etwas künstlich. »Das sind haufenweise Perücken. Dieses Prachtstück«, er schüttelte die gelockte Mähne, »ist eine Allongeperücke aus dem 17. oder frühen 18. Jahrhundert.« Dann setzte er die Perücke auf. Deren Mittelscheitel saß ein wenig schief, es wirkte, als würde sie schielen. Die Lockenpracht kräuselte sich bis auf seine Brust.
Max lachte.
»Jetzt siehst du aus wie ein Mähnenwolf.«
»Da kannst du ruhig lachen. Das war einmal eine Perücke für mächtige Männer. Damit wollten sie imponieren.«
»Hat es funktioniert?«
»Ja.«
»Wie bei den Löwen.«
»Ja, so ungefähr.«
Max griff sich eine schwarze Perücke und stülpte sie über seine blonden Haare.
»Jetzt siehst du aus wie ein anderer Max.«
»?«
»Max und Moritz, das war ein Freundespaar in den gezeichneten Geschichten meiner Jugend. Der eine hieß Max und hatte diese ulkige Frisur.«
Das stieß auf mäßiges Interesse.
»Machen wir weiter«, sagte Max.
Auch diese Truhe war in Etagen geteilt. Wieder wurde ein Tuch entfernt, und wieder waren sie erstaunt über die neuen Funde.

Es waren Masken.
Viele bedeckten das ganze Gesicht, wenige nur die obere Partie einschließlich der Nase. Einige wiesen ins Lustige, Burleske, Drollige, die meisten aber waren eindeutig bösartige Fratzen. Hexen, Teufel, Monster, mordlustige Tiere. Clownerie und Schrecken. Lustigkeit und Brutalität. Nichts dazwischen.
Sie spielten noch kurze Zeit mit den Masken, hielten sich diese und jene vor das Gesicht, Max lief dreimal zum Spiegel. Eine Horrormaske unter Mr. Odinos schieliger Perücke schuf seine Verwandlung aufs Ganze.
»Wow«, sagte Max.
»Macht es dir Angst?«
»Nein, nicht wirklich.«

Bald aber wurden der Horror und der Spaß schal, die Fratzen nahmen ihrer Suche die Unschuld.
Auch Max schien das zu empfinden. Jedenfalls wirkte er nicht mehr so feurig.
Sie warfen die Masken achtlos zurück in die Truhe.
Um ihre Eintracht wieder zu festigen, fragte Mr. Odino:
»Was nehmen wir uns morgen vor?«
Max zeigte auf einen großen Vorratsschrank.
»Kennst du den Inhalt?«
»Nein. Ich konnte ihn nicht öffnen, der Schlüssel geht so schwer.«
»Wollen wir schon mal hineinsehen?«
Noch bevor Max antworten konnte, wurden sie gestört durch ein zaghaftes Klopfen an der Tür.
Agnes Lupinski war in das Dachgeschoss gestiegen, sie wollte ihrem Neffen sagen, dass das Abendessen bereit-

stehe, und bei der Gelegenheit unauffällig schauen, was sie da trieben.
Und abermals kam sie, als sie den Raum betrat, ins Staunen.
Mr. Odino war im ersten Moment unter der üppigen verrutschten Haarpracht nicht zu erkennen. Und auch Max sah mit den schwarzen Haarbüscheln, die ihm beidseitig vom Kopf abstanden, fremd aus.

Großschwager von Bärentrost unterhält sich

Bärentrost hasste es, wenn man ihn bei der Arbeit an seinen Notizen störte. Er hatte ein wenig Zeit bis zum Auftritt der sensationellen Adelgunde, und diese Zeit wollte er unbedingt nutzen für seine Aufzeichnungen.
Es war nicht anzunehmen, dass er hernach noch dazu käme.
Eher nicht?
Eher nicht!

Bärentrost notiert:
Die Optimierung der Körper. Die steht jetzt an erster Stelle. Sie verläuft parallel zur allgemeinen Verblödung.
Diese Idioten mit ihrem Körperkult. Die Leugnung des Kreatürlichen.
Gleichzeitig, ihre digitale Versklavung: Diese Hohlköpfe, spielfreudig, auskunftsfreudig, denkfeindlich und schmerzvergessen, mutieren sie willenlos zu stumpfen Arbeitstieren. Als solche im leiblichen Zustand maximaler Fit-

ness sind sie gut zu gebrauchen. Als solche werden sie gebraucht werden. Und als solche haben sie mit ihrem eingeschrumpften Sinnesvermögen und ihrem technizistisch verformten Resthirn als ferngesteuertes Arbeitsvieh doch wieder Teil am Kreatürlichen. Da schließt sich der Kreis.

Bärentrost unterbrach seine Notizen. Er las sie durch. Nicht schlecht, dachte er. Allerdings: Das könnte er so noch zwanzig Seiten weitertreiben. Er lehnte sich zurück und überlegte. Er beschloss, den kommenden Aufzeichnungen die Form seiner Gespräche mit sich selbst zu geben.

Großschwager von Bärentrost notiert

Bärentrost I
Wenn du den neuen Menschen machst und du stellst, mit Hilfe der Bionik oder der Biochemie oder mit Hilfe von was auch immer probeweise – na, sagen wir mal – sechzigtausend davon her für die Weiterzüchtung, was machst du dann mit den milliardenfach noch Vorhandenen der alten Sorte? Bedenke: Du musst ja sicherstellen, dass sich da nichts in die Unvollkommenheit zurückmischt. Ein Virus? Ganz gezielt? Eine Art Unkrautvernichtung? Wäre das eine saubere Möglichkeit?

Bärentrost II
Nichts dergleichen! Gar nichts muss ich sicherstellen. Mischwesen hat es immer gegeben. Denke an das Okapi

und das Schnabeltier. Nur mal so als Beispiel. Das musst du weiterdenken über die Gattungen hinaus. Ja, es soll sie geben und wird sie geben, die zoomorphen Mischwesen, so wie die Alten sie schon dachten. Nur erbärmlicher. Viel erbärmlicher. Ha, ha.
Der Kleinbürger mit Stierkopf. Der Löwe mit Kulleraugen und Stubsnase. Der unbehaarte Affe mit Adlerschwingen und dazwischen und mittendrin und daneben die geglückten und verunglückten Cyborgs.
Was die Menschen denken können, das können sie auch irgendwann machen. Das war so mit nahezu allen futuristischen Träumen aller Zeiten. Der Traum vom Fliegen. Der Traum von der Fahrt zum Mond. Der Traum von der körperlichen Verschönerung et cetera et cetera.
Und siehst du, das können sie jetzt auch. Mischen. Sie werden alles mit allem mischen. Eine einzigartige Mantscherei und Pantscherei steht da ins Haus.

Bärentrost I
Ja, das ist lustig. Eine Turboevolution. Wildwuchs, wohin man sieht. Expressmutationen am laufenden Band. Da kann der Enkel von Alma sich wölfisch vermengen und vermehren.
Und dann kommen sie, die evolutionären Kriege. Ich aber bin dann schon weg.

Er las den Dialog noch einmal laut durch mit zunehmendem stimmlichen und körperlichen Einsatz. Am Ende seiner Lesung blieb sein erhobener Zeigefinger noch einen Moment stehen.
Dann lehnte er sich zurück

Ja, das gefiel ihm. Er lachte laut und rau und schlug mit der flachen Hand befriedigt auf den Umschlag seines Compendiums.
Ja, so geht es, sagte er in den leeren Raum und trank einen Schnaps.
Und dann trank er noch einen Schnaps.
Und dann kam ein Bild vor seine Augen:
Ein Roboter, der sich von einem Magier des technoplastischen Transhumanismus eine natürliche Hand anpassen lässt, kunstvoll mit menschlicher Haut und menschlichem Haar und menschlichen Fingernägeln versehen. Die Hand ist sein ganzer Stolz.
Geboren aus dem Schenkel des Zeus.

Die Schrittbewegungen an seinem Fenster wurden schneller, als die Straßenbeleuchtung aussetzte.

Das vorläufige Ende der Forschung

Tatsächlich, der große Schrankschlüssel ließ sich nicht bewegen. Obwohl sich Mr. Odino fanatisch bemühte und im Laufe seiner Schinderei abenteuerliche Verrenkungen unternahm, rührte der sich nicht einen Millimeter.
Fatal!
Aber ein Versagen kam für Mr. Odino nicht in Frage.
Nicht hier.
Nicht vor dem Jungen.
Warum eigentlich nicht?
Das wusste er nicht.

Daraufhin tat er etwas, das so gar nicht zu ihm passte, das ihm sogar tief zuwider war. Aber es musste sein.
Er verschwand, kramte kurz in einem geräumigen Werkzeugkasten, der ihm in seinem Schlafraum aufgefallen war, kam alsbald zurück, schwenkte triumphierend ein imposantes Stemmeisen und brachte es sogleich zum Einsatz an der Tür des Schrankes auf der Höhe des Schlosses.
Den Schrank hatte er zuvor kurz taxiert: nicht übel, ein Dielenschrank, vermutlich französisch, vermutlich ausgehendes 18. Jahrhundert, vermutlich Kirschholz.
Mr. Odino warf sich in die Arbeit, er stemmte und hebelte mit Wucht. Ungeahnte Kräfte wuchsen ihm zu.
Das Holz ächzte und splitterte. Schließlich sprang das Schloss krachend auf. Ein hässliches, scharfes Protestgeräusch. Und gleich darauf schwangen wimmernd die Türflügel weit zur Seite und gaben den Blick auf den Schrankinhalt frei.
Das Schrankinnere war unterteilt in drei dicht gefüllte Fächer. Die Blicke von Max und Mr. Odino wanderten langsam und nahezu synchron von oben nach unten.
Von Fach zu Fach.

Fach I
Im obersten Fach befand sie eine wilde Ansammlung von vielerlei präpariertem Getier.
Es starrten ihnen entgegen: eine Eule, drei Füchse, eine sich aufrichtende Schlange, zwei Raben, ein Dachs und ein Wiesel. Kalte gläserne Blicke.
Max lief zum Schrank, stellte sich auf die Zehenspitzen und versuchte, sich einen der Füchse zu greifen und herunterzuziehen.

Mr. Odino hielt ihn an der Schulter zurück.
»Halt! Rühr die Viecher nicht an«, rief er.
»Wieso? Die sind doch tot«, sagte Max, »jemand hat sie getötet und ausgestopft.«
»Ja, sicher, sicher, sie sind tot, man hat sie präpariert, aber für diese Verfahren – man spricht auch von Taxidermie – hat man früher Gift genommen.«
Max nahm die Hand herunter.

Fach II
Sie musterten schweigend das nächste Fach. So als hätten sie sich anfänglich den Blick auf den gesamten Inhalt versagt. Es war angefüllt mit Jagdtrophäen. Allerlei Gehörn, Gespieß und Geweih, Waffen für den innerartlichen Rivalenkampf, ragte ihnen entgegen. Vom Hirsch, vom Reh, von der Gämse, möglicherweise auch von anderen Tieren noch – aber beider Forschergeist schien versiegt.
Odino war gefordert. Er musste etwas tun oder sagen, um die Stimmung aufzuhellen.
»Ich könnte mir Handschuhe anziehen und den Fuchs herunterholen, dann kannst du ihn dir genauer ansehen.«
Ein schwacher Versuch.
Max schüttelte den Kopf.
Mr. Odino glaubte zu wissen, dass er im Alter von Max ein größeres Interesse an dem Schrankinhalt gehabt hätte.

Fach III
Das dritte Fach allerdings ging auch ihm auf die Nerven. Prothesen, aller Art. Hochgestapelte menschliche Gebisse, künstliche Hände, Gelenke, Organe in Spiritus und altertümliche medizinische Messgeräte …
Alles in allem eine bizarre Ansammlung.

»Krass«, sagte Max
und:
»Das gefällt mir nicht«, sagte Max
und:
»Was soll das?«, fragte Max.

Er stand auf, ging zu dem Schrank und klappte vehement die Türflügel zu. In seiner Gestik schwang, so schien es Mr. Odino, eine Enttäuschung mit. Vielleicht sogar ein wenig Zorn. Deshalb beeilte er sich, die Frage des Jungen, was das denn solle, zu beantworten.

»Na ja, die präparierten Tiere dienen der Anschauung. Du hast in der Natur kaum die Möglichkeit, dir so ein wild lebendes Tier ganz genau anzusehen. Du kannst ja überlegen. Ich bin jederzeit bereit, dir eines der Viecher herunterzuholen.«

Max machte nicht den Eindruck, als wolle er sich das alsbald überlegen.

Mr. Odino setzte die Erklärung fort.

»Bei den Hörnern und Geweihen handelt es sich um Trophäen.«

»Was ist das?«

»Eine Jagdtrophäe gilt dem stolzen Jäger als Beweis, dass er das Tier eigenhändig erlegt hat. Das untere Fach hingegen lässt vermuten, dass der, der diese Dinge einst sammelte, Interesse an der Medizintechnik hatte. Es könnte aber auch sein …«

Mr. Odino begegnete einem leeren Blick. Max wirkte angeödet.

»Seit wann hörst du mir nicht mehr zu?«

»Ich habe Hunger, ich geh runter zu Tante Agnes.«

Auf der Straße war es laut geworden. Eine Prügelei unter drei Besoffenen. Umringt von einem gleichermaßen besoffenen Vier-Mann-Publikum. Die Prügelei wurde begleitet von einer gegrölten Wortunflat. Darüberliegend eine keifende Frauenstimme. Sie kam aus einem Fenster des gegenüberliegenden Hauses. Hätte man irgendetwas verstehen können, hätte man gewusst, dass sich die Frau im zweiten Stock den unschönen Lärm verbat, so aber war sie nur die Kopfstimme in einem barbarischen Konzert.

Großschwager von Bärentrost will nicht mehr warten

Bärentrost notierte:
Die Wartezeit ist zu Ende.
Man sollte es nicht glauben: Auch das Warten kostet Kraft.
Meine Kraft geht zu Ende.
Er wird nicht mehr kommen. Fast glaube auch ich an sein dunkles Ende. Aber so eine juristische Bestätigung ist für mich nicht maßgebend. Was ich mir schon eher vorstellen kann: Er genießt eine nahezu undenkbare Art zu leben, eine wonnige Parallelexistenz in einem Paralleluniversum – mir zum Hohne. Aber, hallo, wenn er nicht zu mir kommt, dann komme ich zu ihm. Ich bin so weit. Ich bin zu allem entschlossen, und ich kenne den Weg. Ja, ich kenne jetzt den Weg.
Er wird sich wundern, der Lump. Einfach grußlos zu verschwinden und mich in dieser Verfallslandschaft zurückzulassen.

Amerika

Amerika? Max kannte Filme. Max kannte Serien. Soll heißen: Max hatte keine grundsätzlichen Einwände gegen »Amerika«.
Na ja, so dachte er, über Amerika könnte man eventuell verhandeln – nicht aber über Carol!
Die meiste Zeit gelang es ihm, sich zu verheimlichen, was sein Vater kürzlich kundgetan hatte.
Manchmal jedoch schoben sich einzelne Worte und Satzfetzen aus der bedrohlichen Ansage in die Gegenwart. Vaters Pläne für das zukünftige Leben in Amerika. Eigentlich brauchte er, wenn er bei Tante Agnes und Großmutter Alma sein durfte, überhaupt keine Zukunft. Weg damit! Nicht daran denken! Nicht darüber sprechen!
Aber, Scheiße, es gab sie, diese Zukunft, das konnte er nicht lückenlos löschen. Und auf der Zukunft war dieser dreckige Fleck. Und der dreckige Fleck hatte in seinem Empfinden einen Namen: Carol.
Der Name der Freundin seines Vaters. Er mochte nicht an sie denken, nicht an ihre süßlichen Annäherungen, ihre süßlichen stimmlichen Annäherungen und ihre süßlichen gestischen Annäherungen, die sich häufig steigerten bis zu dem, was eine spürbare Liebkosung zu werden drohte. Aber er hatte das immer im Ansatz schon erkannt und sich unter dem Getätschel weggeduckt.
Die können mich mal mit ihrer amerikanischen Zukunft, dachte er, wenn ihn die Erinnerung an die Worte seines Vaters überfiel.
Max war ein empfindlicher Junge, er hatte gespürt, dass die Süßlichkeit dieser Carol in Wahrheit gar nicht ihm galt. Er

hätte das nicht in Worte fassen können, aber er konnte es spüren.
Eine Show speziell für seinen Vater. Verlogene Versuche, eine Muttertauglichkeit an den Tag zu legen. Ekelhaft.

Alma Lupinskis kläglicher Versuch einer pädagogischen Unterweisung

»… und die Sachen, die mir besonders gefielen, habe ich dann in die Abstellkammer getan. Also das Fernrohr, das Messer, das Buch über die Tiere und die drei schönen Bilder …«
Alma Lupinski unterbrach das Geständnis ihres Enkels.
»Welche Bilder?«
»Sie waren versteckt hinter einer Kommode. Auf einem ist ein Bär zu sehen, auf den beiden anderen sind Wölfe. Mr. Odino meint, ich soll dich fragen, was ich davon behalten darf. Mit ihm zusammen habe ich dann auch noch zwei Truhen und den großen Schrank untersucht. In der einen Truhe habe ich diese Schuhe gefunden.«
Max streckte ihr seinen rechten Fuß entgegen.
Alma schaute kurz hin.
»Das sind Wanderstiefel. Gutes Leder. Natürlich kannst du den Kram behalten. Die Bilder möchte ich mir gerne ansehen. Warum hast du sie ausgesucht?«
»Wegen den Wölfen. Ich will dahin.«
»Wohin willst du?«
»Zu den Wölfen.«
»Das sind sehr scheue Tiere.«

»Ich will zu den Wölfen.«
»Ach mein Kleiner. Sobald die Menschen sich selbst nicht mehr geheuer sind, bemühen sie die Wölfe. In der Literatur wimmelt es von Wölfen. In den Märchen, in den Mythen, in den Filmen. Du bist infiziert. Die Wölfe sind seit ewig Heils- und Endzeitboten zugleich.«
Das schien ihn nicht zu beeindrucken. Sie nahm neu Anlauf.
»Die Bilder, die Mythen, die Legenden – sie alle sind Ausdruck einer widerlichen Hassliebe. Gerade jetzt in diesen Krisenzeiten werden die armen Tiere wieder stark bemüht. Geradezu hysterisch. Da musst du nicht mitmachen. Hörst du?«
Sie war nicht sicher, ob er zuhörte. Aber sie sprach weiter.
»Wir können diese Wesen nicht wirklich kennen. Wir dichten alles Mögliche, das uns an uns und in uns selbst befremdlich scheint, in sie hinein.«
Doch, er hatte zugehört, und er antwortete derb.
»Das ist mir völlig egal, und es wird schon irgendeinen Grund haben, dass sie alle immer von Wölfen reden. Dann tue ich es eben auch.«
»Das ist nicht sehr originell.«
»Was heißt originell?«
»Na, dass andere schon vor dir die gleiche Idee hatten.«
»Na und?«

Max ist gegangen.
Wohin?

Mr. Odino hatte zugehört. Er lehnte an der Wand, hatte ein Bein lässig über das andere geschlagen und sich eine Pfeife gestopft.

»Lass das, das stinkt«, sagte Alma.

Mr. Odino lachte und zündete seine Pfeife an.

»Max hat gewonnen. Du hast ihm nichts erklärt. Das hat er gespürt. Nur ein wenig Bildungsgeröll hast du angeliefert. Was soll der arme Junge mit Ausdrücken wie Heils- und Endzeitboten anfangen? Mich hast du auch nicht überzeugen können. Hast du denn eine wirklich plausible Erklärung für die allzuständige Wolfsbemühung?«

Alma Lupinski startete einen neuen Erklärungsversuch.

»Sie scheinen uns ähnlich. Einst haben unsere Vorfahren sie adoptiert. Eine scheinheilige Maßnahme. Die Tiere haben das akzeptiert. Sie haben offensichtlich den menschlichen Wesen vertraut. Die haben dann mächtig modelliert. Was daraus wurde, nennt man Hund. Ob Pinscher oder Dogge.«

»So weit, so gut«, sagte Mr. Odino.

Alma Lupinski schnaubte: »So gut? – Das ist, wie du wissen könntest, schon etwas länger her. Mindestens fünfzehntausend Jahre. Mindestens! Manche Forscher datieren die Adoption weit tiefer noch in die Vergangenheit, sie sprechen von hunderttausend Jahren. Wie auch immer: ein gattungsübergreifendes Freundschaftsversprechen, ein Sündenfall.«

Sie machte eine Pause, da sie aber ganz versunken in ihren Gedanken schien, verhielt sich Mr. Odino still.

Dann sagte sie:

»Sie sind uns ähnlich und doch auch gar nicht. Ich kann ihn schon verstehen. Es ist ihr Blick. Der Blick der Wölfe. Aber das habe ich dem Kleinen nicht gesagt. Ich will ihn nicht noch bestärken in seinem Wolfswahn.«
»Und das mit dem Blick ist kein Kitsch?«, fragte Mr. Odino.
»Doch, wahrscheinlich auch das. Und vermutlich sind sogar die kulturphilosophischen Spekulationen über das, was sie alles in uns wachrufen, Kitsch: die teuflischsten Werwolfgelüste und die zartesten Sehnsüchte nach einer unschuldigen ersten Natur.«
Mr. Odino war nur mäßig interessiert am Schicksal der Caniden. Er versuchte einen Themenwechsel.
»Mir imponiert der Kleine. Ich weiß aber nicht genau, warum. Manchmal habe ich so ein Gefühl – so als wüsste er mehr als wir.«
Alma wurde harsch.
»Max ist ein wunderbarer Junge, aber er ist kein Zauberlehrling, er ist auch nicht Peter Pan oder Harry Potter. Woher soll er denn das Geheimwissen haben? Das mit der Kinderwahrheit ist doch auch wieder so ein Kitsch.«
Sie musterte ihn.
»Diese lässige Maigret-Pose steht dir nicht. Übrigens, kein Mensch raucht heutzutage noch Pfeife.«
Mr. Odino setzte sich und streckte die Beine aus.
Alma nahm unbeirrt die Fährte ihrer Wolfskunde wieder auf:
»Da ist menschlicherseits auch eine Angst im Spiel. Willst du einen Beweis, dann schau, was sie aus dem Wolfenkel, dem deutschen Schäferhund gemacht haben. Denen haben sie, um der Optik einer ständigen aggressiven Sprung-

bereitschaft willen, die Hinterhand so runtergezüchtet, dass die Tiere kaum noch laufen können. Ein Zuchtverbrechen. Da kannst du studieren, wie die Liebe sich mit dem Hass paart.«

»Übertreibst du nicht ein bisschen?«

Alma schnaubte wie ein unwilliges Pferd.

»Ein adliger Kampfspießer im 19. Jahrhundert hat in seinem Rassenwahn aus einem Gebrauchshund einen Symbolhund gemacht. Daraufhin gefiel es geblähten Potentaten, sich mit dieser noch immer an den Wolf gemahnenden Tierformung zu schmücken.«

Mr. Odino war mäßig beeindruckt.

»Ja und?«

»Aber nicht einmal diese hündischen Potenzverstärker, die sie doch angeblich so sehr liebten, haben sie, wenn es ihnen nützlich schien, verschont. Im Zweiten Weltkrieg wurden diese Tiere als lebende Bomben eingesetzt. Dreißigtausend von ihnen – mindestens – hat man in diesem Krieg zersprengt.«

Alma pausierte.

Dann nahm sie ihre Rede wieder auf.

»Die armen Viecher. Von den angeblich liebenden Herrenwesen zugrundegeformt, von deren Gegnern dafür verachtet. So gerecht geht man mit diesen Kreaturen um.«

Mr. Odino zog eine Flasche aus seiner Aktentasche.

»Ich habe uns einen guten Rotwein gekauft. Wollen wir die Flasche öffnen?«

Alma nickte.

Mr. Odino entkorkte die Flasche, füllte zwei Gläser und schob das eine über den Tisch an ihren Platz. Er freute sich. Sein Gedächtnis hatte ihn nicht getrogen. Sie hatte

in ihrer Jugend schon ein Faible für guten Rotwein gehabt.
Sie tranken.
Aber es half nur begrenzt. Alma setzte auch im hohen Genuss – über ihr Gesicht hatte sich ein zartes Rosé gelegt und die Züge gemildert – die Belehrungen über die Wolf-Mensch-Beziehung fort.

Das Telefon klingelt bei Bärentrost

– Hier Alma.
– Was gibt es?
– Irmgard war hier.
– Ach ja?
– Sie droht mit Kündigung.
– Soll sie doch.
– War sie unbrauchbar?
– Eigentlich nicht.
– Hat sie dich vernachlässigt?
– Eigentlich nicht.
– War sie unzuverlässig?
– Eigentlich nicht.
– Hat sie dich bestohlen?
– Nicht, dass ich wüsste.
– Hat sie spioniert?
– Nicht, dass ich wüsste.
– Warum, zum Teufel, hast du sie immer so geärgert?
– Weil es mir Spaß macht.
– Glaubst du, du findest eine bessere Betreuerin?

– Ja, ich habe schon mit einer speziellen Agentur telefoniert. Die Neue kommt nächstens. Sie heißt Adelgunde Hel.
– Wenn du die auch so schlecht behandelst, wird auch sie bald wieder weg sein.
– Nein, das glaube ich nicht.
– Dann ist ja alles in Ordnung. Guten Abend.
– Guten Abend.

Alma Lupinski und Mr. Odino

»Hat Maximilian dir erzählt von den Masken und Perücken, von den Tierpräparaten und den Prothesen?«
»Kein Wort.«
»Das ist eine merkwürdige Ansammlung in dieser Wohnung da oben. Ist das der Nachlass deines verschollenen Mannes Titus von Bärentrost?«
»Nein, Titus hat hier nie gewohnt, und auch ich bin erst nach seinem Abgang in dieses Haus gekommen.«
»Seinem Abgang?«
Die Frage überhörte Alma Lupinski.
»Wir könnten meinen Schwager fragen. Vielleicht weiß er etwas über die Herkunft eurer Funde.«
»Ist das der Typ, der im Souterrain wohnt?«
»Ja, aber ich habe keine Lust, ihn anzurufen. Er führt da unten sein eigenbrötlerisches Leben und hasst es, wegen irgendwelcher Alltagsfragen gestört zu werden. Es ist die Mühe nicht wert. Es wird wohl einer dieser exzentrischen Bärentrost-Vorfahren gewesen sein, der da oben einst hauste. Die hatten alle einen leichten Hau.«

»Dein Exmann auch?«
Sie ignorierte auch diese Frage.
»Allerdings die Bilder …«
»Welche Bilder?«
»Max hat sie gesichert. Der Beschreibung nach müssten sie zum Werk einer sehr lieben Freundin gehören. Wenn das stimmte, wäre es ein Rätsel.«
»Warum?«
»Ich habe keine Erklärung, wie sie hierhergekommen sein könnten. Diese Malerin hat die meiste Zeit im Ausland gelebt. Mein Mann und sein Bruder kannten sie nicht.«
Da konnte Mr. Odino nicht helfen. Er hatte auch bei ihren letzten Sätzen nicht mehr aufmerksam zugehört. Seine Pfeife war ausgegangen. Unter den missbilligenden Blicken von Alma Lupinski zündete er sie wieder an. Dann sagte er:
»Ich glaube, die letzten Funde, vor allem die in dem großen Schrank, haben Max den Spaß an unserer Suche verdorben.«
»Das kann ich verstehen.«
Mr. Odino fürchtete, dass Alma Lupinski sagen könnte, dass somit seine Berechtigung, sich in diesem Haus aufzuhalten, hinfällig sei. Aber das sagte sie nicht.
Er wechselte schnell das Thema.
»Der Junge mag auch die digitalen Geräte nicht, mit denen sein Vater ihn bestückt.«
»Das allerdings ist ungewöhnlich für ein Kind in seinem Alter.«
»Ist er ein Einzelgänger?«
»Das glaube ich nicht. Aber er ist eigenwillig. Sehr eigenwillig.«

»Da wird er es schwer haben.«
»Sein Wolfsfanatismus macht mir Sorgen.«
»Wir müssen ihn ablenken.«
»Was stellst du dir da vor?«
»Wir könnten einen Ausflug mit ihm machen.«
»Einen Ausflug?«
»Ja, irgendetwas Exotisches, das ihn ähnlich fasziniert wie zuvor der Dachboden.«
»Nicht mit mir, ich mache keine Ausflüge mehr!«
»Bitte. Tue es für den Jungen.«

Agnes Lupinski erinnert sich

Agnes Lupinski saß auf dem Küchenstuhl. Auf ihrem Schoß die große Handtasche, die Max gebracht hatte. Wie ein stolzes Hündchen hatte er ihr das Beutestück zu Füßen gelegt. Sie hatte die Tasche sofort wiedererkannt. Die hatte sie vor zwölf Jahren verloren. In Portugal, in Lissabon, in einer Straßenbahn.
Die vergessene Handtasche. Das war ja nicht zu fassen. Aber wie war das möglich? Wie konnte sie auf den Dachboden kommen? Rätselhaft.
Oder trog sie die Erinnerung? War es eine andere Handtasche gewesen, die sie in der portugiesischen Bahn zurückgelassen hatte?
Doch ja, das war die verlorene Reisebegleiterin. Die Tasche stand vor ihr, weit geöffnet mit nach außen gebogenen Henkeln. Einladend?
Nein, sie klaffte ihr anklagend entgegen.

Sie erinnerte sich, dass der Reißverschluss, mit dem man sie einst schließen konnte, defekt gewesen war.
Sie betrachtete die Tasche.
Sie befühlte die Tasche.
Sie schaute in die Tasche.
Sie griff in die Tasche.
Sie zog mit sicherem Griff eine Parfümflasche heraus.
Ein teures Parfüm. Als sie den Flakon, der in ihrer Hand lag, lange nachdenklich ansah, kamen die Tränen.
Warum?
Dieses Parfüm, das wusste sie genau, war ein Geschenk ihres damaligen Freundes gewesen. Ihn hatte sie geliebt.
Ja, ihn hatte sie geliebt.
Eine vergangene Liebe, die nie ging, über all die Jahre nicht, diese Liebe war bei ihr geblieben, nah und fern zugleich, mal Schatten, mal Wunde.
Der Geliebte war noch im gleichen Jahr bei einem Verkehrsunfall getötet worden.
Keine Geruchsprobe. Sie widerstand der Versuchung, das Parfüm noch einmal wirken zu lassen. Es wäre eine Wirkung, die – das ahnte sie – alle inneren so mühsam in Jahren errichteten Schutzmauern schleifen würde.
Sie versenkte den Flakon wieder tief hinein in die gefundene Tasche.
Eine abwehrende Handbewegung. Wollte sie die Untersuchung der Tasche beenden? Aber dann wandte sie sich doch wieder dem Inhalt zu. Sie sortierte die Funde:
Ein Hornkamm, der hatte einmal ihrer Mutter gehört. Sie legte auch ihn sorgsam zurück.
Ein abgegriffenes Schminktäschchen.
Sie öffnete es. Wimperntusche, Lippenstift, Rouge, Make-up.

Zu alt. Eingetrocknet, zersetzt, unbrauchbar. Sie pfefferte das Täschchen in den Müll.
Zwei Päckchen Papiertaschentücher. Auch sie kamen in den Müll. Eine Schachtel mit Tampons – in den Müll. Ein altmodisches Nagelpflegeset – in den Müll.
Ein Brief von einem anderen Verehrer. Darin ein ihr gewidmetes Gedicht. Überschrift: ›Schiaparellileid‹. Ja, damals hatten sie die Spielformen der Mode sehr interessiert. Das war diesem Verehrer offensichtlich aufgefallen. Ihn hatte sie gern gehabt – aber nicht geliebt. Über das Gedicht hatte sie sich gefreut.
Waren das Nachrichten aus einer Zeit jugendlicher Zuversicht?
Nein, es war eine Zeit gewesen, die in ihrer Erinnerung aufs ganze Jahrzehnt gesehen von der Trauer überschattet war. Einer Trauer, für die diese Tasche stand.
In jenem Jahr war nicht nur ihr Geliebter gestorben, sondern kurz darauf auch ihre Schwester bei der Geburt von Max.
Der arme Junge. Seit dieser Zeit hatte er schon drei Gespielinnen seines Vaters überstanden. Die aktuelle mochte er nicht. Das wusste sie. Und ausgerechnet er war jetzt der Bote …
Als sie die Handtasche schloss, wusste sie auch, dass ihr Ausflug in die Gefühlsräume dieser Vergangenheit nicht günstig war für ihr gegenwärtiges Verhältnis zu Frederic. Das Seelenheil ist eine Konstellation.

Sie brauchte Abstand.
Sie brauchte frische Luft.
Sie stand auf.

Sie stellte die Tasche in eine dunkle Schrankecke und ging zum Fenster. Als sie es gerade öffnen wollte, sah sie, wie Max, Mr. Odino und – sie konnte es kaum glauben – Tante Alma das Haus verließen.
Sie sank wieder auf den Stuhl.

Was wird das?
Wohin gehen sie?
Was wollen sie?

Kurz darauf verließ auch Irmgard das Haus.
Kopfschmerzen.

Teil III

Die große Wanderung

Mispelheim das dritte Dorf.
»Willkommen in Mispelheim« steht auf dem gelben Schild am Dorfeingang.
Der Busfahrer, versteckt hinter einer riesigen verspiegelten Sonnenbrille, die er auch in den langen Nachtstunden nicht abgenommen hatte, weigert sich weiterzufahren. Ungeachtet seines satten Honorars.
Sie steigen aus.

Der graue Bus wendet und fährt zurück.
Sein Auspuff spuckt schwarze Rauchwölkchen, die sich – je weiter sich das Gefährt entfernt – immer größer werdend verfemten Schattenwesen gleich geduckt in die Böschungen am Straßenrand schlagen.

Mispelheim

Da sind sie nun.
Da stehen sie nun.
Was sehen sie?
Verlassene Häuser, tote Fenster.
Himmelhoch wuchernde Bäume.
Was hören sie?
Zwei alte Raben singen ein Duett aus Rossinis Oper ›Semiramide‹.

»Oh, mein Gott. Sie sind doch viel zu hoch«, sagt Mr. Odino.
»Wer oder was ist zu hoch?«, fragt Alma.
»Die Bäume, die sind doch viel zu hoch, das ist doch unnatürlich.«
»Das bildest du dir ein«, sagt Alma.
Sie gehen auf der Dorfstraße.
Da spielt ein unsichtbares Orchester.
»Was spielen die?«, fragt Max.
»›Die blaue Donau‹«, sagt Mr. Odino.
»Den ›Kaiserwalzer‹«, korrigiert Alma.
»Immer wieder schön«, sagt Mr. Odino.

Müde, sie sind müde, unendlich müde.
Sie wollen schlafen.
Sie wollen nur noch schlafen.
Sie klopfen an die Tür eines Hauses.
Dann klopfen sie an die Tür des nächsten Hauses.
Und dann klopfen sie abermals an eine Tür.
Nichts regt sich.
Sie gehen hinein.
Jetzt sind sie in einem Haus.

Mr. Odino erwacht

Mr. Odino erwacht.
Mr. Odino hat gut geschlafen.
Geschlafen wie schon lange nicht mehr.
Geschlafen wie ein Kind.

Unter dem Klangtau einer sanft lügnerischen Melodie war er in einen tiefen, oh, so tiefen, langen Schlaf gesunken.
Jetzt ist er wach. Hellwach.
Er reibt den Schlaf aus den Augen.
Er setzt sich auf die Bettkante.
Er wundert sich über diese fast schon vergessene Wohltat eines tiefen langen Schlafes.
Er fischt mit den Füßen nach seinen exotischen Pantoffeln, kann sie aber nicht finden.
Er streckt sich, und als er barfüßig aufsteht, hätte er beinahe mit dem kahlen Schädel eine Balkenschräge gerammt.
In diesem Haus ist alles zu klein, denkt er.
Zu klein selbst für Leute, die nicht seine Gardemaße haben.
Er will sich dieses putzige, verlasse Haus, das sie spät in der Nacht gekapert hatten, genauer ansehen.
Er schaut auf seine Armbanduhr. Eine schöne alte wertvolle Uhr. Handaufzug. Kleine Sekunde. Römische Ziffern. Sie ist in der Nacht um 3.33 Uhr stehengeblieben. Ob sich in diesem Haus eine intakte Uhr finden würde? Da hat er starke Zweifel, weiß aber nicht, warum.
Am Fußende des zu kurzen Bettes liegt ein nachtblauer seidener Morgenrock. Er zieht ihn an.
Er wundert sich. Wo sind die Schmerzen? Wo ist die Arthrose, die ihn seit zehn Jahren quält? Die letzte Nacht während der rasenden Fahrt in dem holpernden Bus hatten ihm die Rückenschmerzen keine Minute Schlaf gegönnt.
Selbst die engen steilen Stiegen ins Erdgeschoss schafft er mühelos, nahezu elastisch. Keine Qualmeldungen von der Wirbelsäule oder aus der Region seines künstlichen Hüft-

gelenkes. Beinahe hätte er die letzten drei Stufen mit einem kühnen Sprung überflogen, wie er es in seiner frühen Jugend gern getan hatte.
Jetzt steht er mit nackten Füßen vor der Haustür. Ein Windstoß fährt unter sein seidenes Morgengewand und bläht es beidseitig auf, als trüge er einen Reifrock.
Ein übertrieben bärtiger Mann taucht auf. Woher war der so plötzlich gekommen? Der Bärtige hoppelt geduckt mit vorgehaltener doppelläufiger Flinte direkt auf ihn zu.
»Hey, du da«, ruft der Flintenmann.
Mr. Odino fährt zusammen. Könnte er gemeint sein?
»Ja, dich meine ich. Schau nicht so blöd um dich. Wer bist du überhaupt? Du siehst aus wie eine Rokokonutte.«
Mr. Odino ist empört. Noch bevor er seiner Empörung einen Ausdruck geben kann, ruft der Flintenmann erregt:
»Hast du ihn gesehen? Hast du ihn gesehen?«
Wen er denn gesehen haben soll, fragt Mr. Odino.
»Den Höllenhund, den Höllenhund, du tumber Kerl«, schreit der Bärtige und hoppelt davon. Seine rostroten Bartzotteln flattern im Wind.
Erst jetzt, als er ihm nachsieht, fällt Mr. Odino auf, dass der Mann einen Dreispitz trägt, reich geschmückt mit absurden Kokarden.
Mr. Odino geht immer noch barfüßig wieder ins Haus. Das schien ihm noch kleiner geworden zu sein. Als er durch die Tür zur Stube geht, muss er sich bücken und den Kopf einziehen.
Drinnen sitzen Max und Alma an einem mächtigen Eichentisch bei einem reichen Frühstück. Ein großer irdener Krug mit Milch steht vor ihnen. Der Duft von Kaffee und gebratenem Speck dringt in seine Sinne. Mr. Odino wun-

dert sich: Woher haben sie die Lebensmittel? Und: Wer isst heute noch gebratenen Speck zum Frühstück? Aber er fragt nicht. Überhaupt, so bemerkt er zugleich, der Impuls zum Wundern nimmt ab und mit ihm der Drang, Fragen zu stellen.
Aber Alma hat eine Frage:
»Warum hast du keine Schuhe an?«
Odino weiß das nicht.

Mr. Odino bricht auf

Mr. Odino wächst, er wird ganz Mann und sagt: »Ich gehe und erkunde die Umgebung.«
Die Häuser der Dorfstraße scheinen unbelebt. Erst an ihrem Ende – sie ist zu einem Weg verarmt, nur noch von ein paar armseligen Bruchbuden gesäumt und fast schon vom Wald verschluckt – stößt er auf eine Hütte, aus der Lichter und menschliche Laute dringen. Das ist, so denkt Mr. Odino, offensichtlich die Dorfkneipe.
Er stößt die Tür auf und geht forsch hinein.
Darinnen ist es warm.
Darinnen ist es laut.
Darinnen sitzen einige Männer im Halbdunkel an einem runden Tisch. Sie beachten ihn nicht. Odino vermutet, dass es sich um die Dorfältesten handelt. Hinter dem Tresen steht eine schielende Kellnerin. Sie wippt zum Takt einer Musik, die es nicht gibt.

Die Dorfkneipe

Wie sich herausstellt: An dem runden Tisch sitzen der Oberstudienrat (Physik und Geschichte), der Schauspieler, der reine Tor, der Dorfdepp und der Spaßvogel.

Ihr hitziges Redegefecht gipfelt gerade – wie schon so oft – in der Frage:
War diese Bestie wirklich ein Wolf?
Der Schauspieler ist sicher, dass es sich um einen Wolf handelt.
Der Dorfdepp glaubt das auch, und er hat eine Menge Munition verschossen, hat die Bestie aber nicht erwischt, nicht einmal wirklich gesehen.
Der Oberstudienrat ist ganz anderer Meinung, nein, es könne sich nicht um einen Wolf handeln, die Bestie sei zu groß, viel zu groß, wahrhaft riesig, ein Ungeheuer, man solle nur die Pfotenabdrücke genauer betrachten.
Der Spaßvogel sagt: »Huh, huh, huh.«
Der Oberstudienrat sagt, dass er weitere Berechnungen anstellen müsse.
Die Kellnerin fragt: »Darf es noch was sein?«
Der reine Tor weint.
Nun, das hilft ja auch nicht weiter.

Odino setzt sich an einen Tisch gleich neben der Tür. Er lehnt sich zurück, putzt die Gläser seiner Brille mit einem karierten Taschentuch und beginnt, seine Pfeife zu stopfen, um einen gemütlichen Eindruck abzugeben. Noch bevor er sie angezündet hat, geht am runden Tisch ein fürchterliches Gezeter los.

»Ausmachen! Ausmachen!« Rufen sie.
»Sofort ausmachen!«
Alle fuchteln wild mit den Händen, als müssten sie einen beißenden Rauch vertreiben.
»Das ist streng verboten«, rufen sie im Chor. »Von oben verboten. Von oben. Von ganz oben.«
»Wer oder was ist oben?«, fragt Mr. Odino.
»Ja, wissen Sie das denn nicht?«, fragt der Oberstudienrat.
»Verboten! Verboten! Verboten!«, wiederholt der Dorfdepp.
»Warum haben Sie keine Schuhe an?«, fragt der Schauspieler.
Erst jetzt fällt Mr. Odino auf, dass er immer noch den seidenen Morgenrock trägt. Aber er schämt sich dessen nicht.
Der Spaßvogel rennt hakenschlagend auf ihn zu, reißt ihm die Pfeife aus der Hand und wirft sie im rasanten Lauf der Kellnerin zu. Die fängt sie geschickt auf.
Er lacht rau.
Die Kellnerin kichert.
Der runde Tisch applaudiert.
Mr. Odino ist nicht empört, nur ein wenig angewidert.
Er kann dem Gespräch der dubiosen Gestalten am runden Tisch nicht mehr folgen. Nur ein verwaschenes Gemurmel ist noch zu hören, dafür dringt das laute Ticken einer hohen Pendeluhr, die er jetzt erst bemerkt, fast schmerzhaft an seine Ohren.
Er will seiner geliebten Armbanduhr die aktuelle Zeit schenken, aber das muss er nicht, auch die Pendeluhr zeigt 3.33 Uhr an. – Ja klar –.

Mr. Odino erschrickt

Er lehnt sich zurück. Er ist wieder ein bisschen schläfrig. Aber ein plötzlicher Tumult holt ihn aus seinem leichten Schlummer.

Im ersten Moment kann er nicht glauben, was er sieht.

Schattenhaft, nur aus den Augenwinkeln hat auch er zuvor undeutlich wahrgenommen, dass ein schwarzes Tier durch die nur angelehnte Tür hereingeschlüpft war und sich dem runden Tisch näherte.

Jetzt muss er sehen, wie sich der Spaßvogel und der Dorfdepp auf das Tier stürzen und es gemeinsam in rasendem Furor und mit ganzem Einsatz ihrer schweren Körper auf den Boden quetschen.

Blitzschnell verbeißt sich der Spaßvogel in die haarige Kehle des niedergepressten Tieres. Der Dorfdepp reißt mit einem Messer dessen schmalen, noch zappelnden Rumpf auf, sticht immer wieder in den Leib hinein und reißt ihn auf und sticht und reißt und sticht und reißt und zerrt schnaufend mit bloßer Hand die zerfetzten Eingeweide heraus. Seine Pranken und Arme sind bis zu den Ellbogen verschmiert. Blut und Urin und allerlei Schleim breiten sich auf dem Holzboden aus.

Mr. Odino hört sich schreien.

Der Schauspieler klatscht in die Hände.

Der Oberstudienrat hetzt die Meuchler weiterhin mit hochgereckten Armen auf.

– Als wäre das noch nötig –.

»Tötet das Untier«, ruft er, »tötet das Höllentier, tötet das Ungeheuer, bevor es euch tötet.«

Der Spaßvogel, das Blut rinnt durch seinen stacheligen

Bart und tropft auf den Boden, reißt sein verschmiertes Maul auf und stimmt gurgelnd ein Triumphgeheul an. Dann rupft er dem Oberstudienrat das Ziertüchlein aus der Brusttasche und wischt sich damit das blutige Maul ab.
Der Dorfdepp zieht die Messerklinge über das Tischtuch. Auf dem verfilzten Stoff breiten sich rote Schlieren und Placken aus.
Jetzt erinnert sich Mr. Odino, dass ihm, als er den Raum betreten hatte, das Messer aufgefallen war, das große Messer, das große scharfe Messer, das blinkend inmitten des runden Tischs platziert war.
Wie ein Kultobjekt. Teil eines Tempelschatzes.
Die Mannen des runden Tischs umstehen den matschigen Haufen aus Fell, Glied, Blut, Kopf, Pfote, Schleim und Gedärm, der von dem gemeuchelten Geschöpf übriggeblieben ist.
Der reine Tor weint schon wieder oder immer noch.
Die Kellnerin kichert wieder oder immer noch.
»Das war der Zwergpudel von Sindri Eschen«, sagt sie kichernd.
»Und das ist des Pudels Kern«, schreit der Spaßvogel und hält das kleine blutige Herz in die Höhe.
Die Mannen lachen rau.
Hat Mr. Odino Angst?
Nein, Mr. Odino ekelt sich.
Mr. Odino könnte kotzen.
Mr. Odino steht auf.
Er hört sich sagen:
»Ich komme wieder, und dann mache ich euch Arschlöcher fertig.«
Weiß er, wie kläglich diese Ansage ist?

Hört er, wie dünn seine Stimme ist?
Nein, Mr. Odino ist jetzt sehr groß.
Er verlässt die Dorfkneipe.
Zweifellos – er gehört zu den Aufrechten.

Alma Lupinski bricht auf

Auch Alma ist aufgebrochen. An ihrer Hand ihr Enkel. Ein Silberschein am Waldesrand hat sie gelockt. Sie folgen dem schönen Schein. Einmal kreuzt ein seltsames Tier ihren Weg.
»Was ist das für ein Tier?«, fragt Max.
Alma rückt die Brille zurecht und schaut genauer hin.
»Das ist wahrscheinlich ein Tatzelwurm«, sagt sie, »eine Mischung aus Drache und Wurm.«
Weil sie das lachend sagt, kann Max nicht so genau wissen, ob das ihr Ernst ist.
»Aha«, sagt er. Aus dem Nichts taucht unversehens eine silbern umflorte Villa am Wegrand auf.
Sie gehen durch das weit geöffnete Eingangsportal und kommen in einen großen sechseckigen Spiegelsaal. Alma vollführt mit überraschender Leichtigkeit einige altersunangemessene Drehungen, die ahnen lassen, dass sie in ihrer Jugend einmal in den Techniken des klassischen Balletts unterrichtet worden war. Max ahnt das nicht, aber er sieht vergnügt der schier tausendfachen Spiegelwiedergabe ihrer kreiselnden Bewegungen zu.
Eine Spiegeltüre öffnet sich, und eine zarte ältere Dame trippelt herein.

Alma bremst ab, rutscht – das edle Parkett ist glatt – und kommt schwankend und etwas atemlos vor der Dame zum Stehen.
»Entschuldigen Sie bitte«, sagt sie, »das Eingangsportal stand offen, und da haben wir uns erlaubt …«
»Herzlich willkommen«, sagt die Dame sehr freundlich.
Eine einladende Armbewegung. Etikette. Formvollendet. Gelernt ist gelernt.
»Darf ich Sie zu einer Tasse Tee einladen?«
Da sagen sie nicht nein.
Max nickt.
»Ja, gerne«, sagt Alma.
Sie folgen der Dame durch drei prunkvolle Räume. Aber es bleibt keine Zeit für eine genauere Betrachtung, weil die ältere Dame ein enormes Trippelschritttempo vorlegt.
Schließlich kommen sie in einen vergleichsweise engen, schlichten Raum.
Da sitzt in einem Rollstuhl ein magerer alter Mann, der sie nicht zu bemerken scheint.
Da gibt es ein schmales Pflegebett.
Da ist ein Tablett, auf dem viele Medikamente stehen.
Da hängt ein großes Ölgemälde.
Es zeigt ein Brustporträt, und es ist prächtig gerahmt.
Ein Brustporträt von einem ernsten Hund. Auch das Bild ist ernsthaft, nichts für Humoristen. Der Hund ist gemalt, wie man einst einen Würdenträger, einen Fürsten, einen Dogen vielleicht, malte.
Die freundliche Dame weist auf den Greis im Rollstuhl.
»Das ist mein Mann Adalbert Johannes von Heilsberg. Er ist krank. Aber schon auf dem Wege der Besserung.«

Sie bittet Alma und Max, Platz zu nehmen. Der Tisch ist aufwendig gedeckt. Feines dünnwandiges Porzellan. In seiner Mitte steht funkelnd eine prunkvolle Schale gefüllt mit fremdartigen Keksen. Die Schale zieht die Blicke an.
Wundert es Alma oder Max, dass die Teetassen auf dem Tisch vor ihnen schon gefüllt sind? Nein, sie wundern sich über den alten Mann, der blicklos in ihre Richtung starrt. Als sähe er glatt durch sie hindurch.
Obwohl das Feuer in einem offenen Kamin die Raumtemperatur hochtreibt, trägt er einen dicken großkarierten Wintermantel und eine Fellmütze.
Der warme wohlriechende Tee hat einen unbekannten Geschmack.
Die freundliche Dame hält dem Greis eine gefüllte Tasse dicht an die Lippen. Der schüttelt leise seinen ausgemergelten Kopf. Sein leerer Blick wird von der Kopfbewegung nicht berührt.
Die freundliche Dame stellt die Tasse zurück. Sie lächelt.
Max hätte sich gerne einen der seltsamen Kekse aus der prunkvollen Schale genommen, wagt aber nicht zu fragen.
Eine unbekannte Scheu hält ihn von der Bitte ab.
Plötzlich bäumt sich der alte Mann in seinem Rollstuhl auf und schreit mit erhobenen Armen:
»Alarich.
Frag Jordanes.
Wir Westgoten kamen mit den besten Absichten.
Mit uns im Bund hätte das Römische Reich gerettet werden können.«
Er zeigt auf Max.

»Frag Jordanes.«
»Das verstehe ich nicht«, sagt Max.
»Stattdessen Krieg«, schreit der Alte.
»Der Kampf um Rom.
Die Mauern des Marc Aurel.
410 Rom erobert …«
»Das verstehe ich nicht«, sagt Max.
Sein trauriger Ton scheint den Alten zu erreichen. Er wendet den Kopf und schaut zu Max.
»Wer ist das?«, fragt ihn Max und zeigt auf das Porträt des ernsten Hundes.
Das Gesicht des Greises erwärmt sich, und auch in seine grauen Augen, tief in ihren Höhlen, kommt das Leben zurück.
»Das war Laika, meine gute Freundin Laika«, sagt der Greis. Sein Ton ist unerwartet zärtlich.
»Ist sie tot?«, fragt Max.
»Ja, sie ist tot.«
Der Kopf des Greises kippt nach vorn.
Schläft er?
Dann aber schnellt der Kopf plötzlich wieder hoch, der Oberkörper richtet sich auf, der Blick wird leer, und der Raum füllt sich erneut mit dem Gebrüll.
»Die arianische Herrschaft.
Die dritte Belagerung.
Hunger und Durst.
Dann Schlacht drei Tage lang.«
Es ist, denkt Alma, als habe er tief inwendig eine hart gespannte Feder, die die Laute aus seinem geöffneten Mund herauskatapultiert.
»418. Das Königreich der Westgoten.

451. Die Hunnen.
Attila – Einfall in Gallien.«
Der Greis zieht rasselnd Luft ein, dann brüllt er weiter.
»Theoderich.
Die Katalaunischen Felder.
Brudermord.«
»Das verstehe ich nicht«, sagt Max.
»Das musst du auch nicht verstehen«, flüstert Alma.
Die Erregung des Greises findet noch eine Steigerung. Seine Stimme wird schrill.
»Ein Wolf jagt den Mond.
Zwei Raben suchen ihren Herrn –«
Die Stimme springt ins Falsett.
»Willehalm gegen Terramer.
Die lebensechten Holzfiguren des Daedalus.«
Der Kopf kippt wieder nach vorn.
Stille.
»Donnerwetter«, raunt Alma, »Donnerwetter, da geht ja alles durcheinander, ganz schön bunt diese Mischung, er beherrscht die raumzeitliche Wechselartistik von Irgendwann zu Jetzt, und er tobt wie ein Wilder durch die Zeiträume und die Bildwelten.«
Der Greis brüllt in ihre Betrachtungen hinein:
»Vier Jahrzehnte Wanderschaft – Ich bewache die Gräber der letzten Goten – Isidor von Sevilla – Geiserich.«
»Ich verstehe kein Wort«, sagt Max.
Die Stimme des Greises wird etwas schwächer.
»439 Karthago.«
Sehr leise:
»Tunis.«
Der Kopf kippt.

Ruhe.
Die alte Dame sagt leise: »Ich glaube, dass ihn ein paar dicke Wälzer, für die er sich in seiner Jugend begeisterte, lebenslang durchströmt haben.«
Gerade als Alma überlegt, ob es eine medizinische Bezeichnung gäbe für das Übel, das den Alten heimgesucht hat, – ist er dement? oder vielleicht fortgeschritten schizophren? Bipolar? Oder … – da sagt die freundliche Dame, als habe sie diese Überlegungen gehört, in die Schreipause hinein:
»Nein. Die Kopftransplantation ist nicht ganz gelungen.«
»Aha«, sagt Max.
»Teja«, schreit der Greis.
»Ich glaube«, sagt die freundliche Dame, »wir müssen ihn ein wenig zur Ruhe kommen lassen.«
Alma und Max verabschieden sich höflich.
Die freundliche Dame klatscht in die Hände.
Ein japanisch kostümierter Roboter tritt auf und geleitet sie hinaus.
Beim Hinausgehen sagt Alma: »Vielleicht war es ein weitreichender Fehler, dass wir den alten Mann nicht selbst nach der Ursache seines Leidens gefragt haben.«
Und schon sind sie im Spiegelsaal. Da hören sie gedämpft die letzten Ausbrüche des alten Mannes.
»Theoderich, Purpurmantel oder Bärenfell.«
»Kann ich das verstehen?«, fragt Max.
»Ach, vergiss es«, sagt Alma, »das sind immer solche Phantasmagorien – nichts weiter.«
Nichts weiter?

Alma Lupinski sucht

Alma wacht auf. Sie war eingeschlafen. Sie ist verstört. Jetzt. Wie lange mag sie geschlafen haben? Sie weiß es nicht. Wo ist Max? Und – weit weniger wichtig: Wo ist Odino?

»Ich ruhe mich nur einen kurzen Moment aus und lege die Beine hoch«, hatte sie zu Max gesagt nach dem Ausflug zu der Silbervilla. Und erläuternd hinzugefügt: »Alte Leute müssen das immer mal tun. Danach aber gehen wir gleich wieder hinaus und suchen Odino.«

Jetzt aber, das kann sie spüren, ist sie ganz allein in diesem komischen Haus.

Stille.

Eine Stille, die sie beunruhigt.

Eine Stille, die weh tut.

Hatte sich der Kleine ohne ihren Schutz ins Unwägbare geschlichen?

Offensichtlich.

Sie zieht schnell ihre Schuhe an und geht vor die Tür.

Die Bäume wiegen sich erregt in einem Wind, den sie nicht spürt. Der silbrige Schein ist erloschen. Der Wald steht schwarz vor ihr.

Die Wolken haben rote Ränder, als seien sie entzündet.

Kein Max weit und breit. Sie ruft nach ihm – ohne Erfolg. Mehrfach ruft sie. Vergebens. Die Stille schluckt den Schall ihrer Rufe.

Wo sollte sie ihn suchen? Sie beschließt, erneut den Verheißungen des silbrigen Scheins entgegenzugehen.

Aber da ist ja kein Schein mehr.

Wenigstens die Richtung, aus der er zuvor gelockt hatte, kann sie einschlagen.
Ist der Waldsaum näher herangerückt?
Unsinn!
Aber nun denkt auch sie, dass die Bäume unnatürlich hoch sind.
Und erst jetzt bemerkt sie die bösen Blumen am Wegrand. Sie schrauben sich spiralförmig in die Höhe, und ihre spitzigen Blütenblätter zeigen die Farbe eines verschimmelten Violetts.
Die Büsche krallen sich ein.
Die Vorstellung, die Alma von sich selbst hat, verbietet die Panik. Gleichwohl, die Angst um den Jungen lässt sie frieren.
Und sie läuft und läuft …

Maximilian Artem findet einen Freund

Sagt Max: Warum gehst du so komisch?
Sagt der Junge: Ich bin schrecklich müde. Ich laufe und laufe und laufe …
Sagt Max: Wohin läufst du?
Sagt der Junge: Vielleicht weit, weit weg der Sonne entgegen Tag und Nacht, über die Felder, durch die Sümpfe …
Sagt Max: Die Sonne kannst du doch nachts gar nicht sehen.
Sagt der Junge: Wir können die Sonne auch nachts sehen.
Sagt Max: Wer seid ›ihr‹?
Sagt der Junge: Das darf ich dir nicht sagen. Aber ich muss

mich entscheiden, entweder ich bringe gewaltige Strecken einsam hinter mich, oder ich kehre noch einmal zurück zu den Meinen. Dann werde ich dieses ›Wir‹ wiederfinden. Wie auch immer, ich muss suchen und laufen und suchen und laufen …

Sie laufen eine Weile nebeneinanderher.

Sie schweigen.

Sie kommen an eine Weggabelung.

In einer Lichtung sitzt eine alte Frau in einem grauen Kittel auf einem schlichten hölzernen Stuhl.

Sagt Max: Warum sitzt sie da?

Sagt der Junge: Die sitzt da immer.

Sagt Max: Immer?

Sagt der Junge: Der Greis sagt, dass sie da schon viele hundert Jahre sitzt. Sie ist nicht gefährlich.

Sagt Max: Warum sitzt sie da immer?

Sagt der Junge: Sie kann sich nicht entscheiden.

Sagt Max: Aha.

Sie laufen wieder eine große Strecke nebeneinanderher. Gleiches Tempo. Gleicher Rhythmus.

Schweigend.

Sagt Max: Wohin laufen wir?

Sagt der Junge: Wir laufen nirgendwohin. Wir müssen uns jetzt trennen. Ich bin zu lange schon bei dir. Das tut nicht gut. Mir nicht und dir nicht.

Sagt Max: Kann ich nicht mit dir kommen?

Sagt der Junge: Nein. Das ginge übel aus. Das sagt auch die gute Tante. Das sagt auch Grundelholm. Das sagt auch der Greis. Das sagen sie alle. Das habe ich gelernt. Das haben sie mir eingeschärft.

Sagt Max: Das verstehe ich nicht.

Sagt der Junge: Das musst du nicht verstehen.
Sie laufen wieder eine Weile nebeneinanderher. Schweigend.
Sagt der Junge: Hör zu. Ich habe mich entschieden. Ich gehe wieder zu ihnen. Die Zeit meiner Einsamkeit ist noch nicht gekommen. Kehre auch um. Lauf zu deinen Leuten. Verstopf dir die Ohren. Hör nicht länger auf unseren Ruf.
Lebe wohl.

Der Junge schnürt davon.
Max: Lebe wohl.

Maximilian Artem verliert einen Freund

Max sieht ihm lange nach.
Auf dem Rückweg kommt er wieder an der alten Frau auf dem Stuhl vorbei.
»Da musst du nicht weinen, Kleiner«, sagte sie, »glaub ihm, es ist wirklich besser so. Ich kenne dieses grausame Spiel. Es ist nie gut ausgegangen. Tue es ihm gleich. Geh zu den Deinen.«
Max geht zu ihr.
»Steh auf und geh auch«, sagt er.
Die alte Frau steht auf und geht.

Alma Lupinski sucht immer noch

Alma sucht. Sie geht immer schneller dem Wald entgegen. Gleich wird sie rennen.
Als sie die Silbervilla passiert, hat sie keinen Blick für die freundliche alte Dame, die in dem Eingangsportal steht und ihr majestätisch zuwinkt.
Alma läuft weiter. Ja, sie rennt!
Warum kann ich das?, fragt sie sich flüchtig. Warum keuche ich nicht? Wo bleiben die seitlichen Stiche?
Aber diese Fragen werden von der Sorge schnell wieder überlagert.
Da kreuzt Mr. Odino ihren Weg. Sie wäre beinahe in ihn hereingerannt.
»Hast du Max gesehen?«
»Nein, aber ich weiß jetzt: Wir sind hier umgeben von Barbaren, von Ungeheuern, von Meuchlern …«
Das interessiert Alma im Moment nicht. Sie unterbricht ihn.
»Wir müssen Max suchen.«
»Wahrscheinlich sind wir in Gefahr«, sagt Mr. Odino, »ich hatte ein grausiges Erlebnis in der Dorfkneipe.«
Das ist ein Erzählanlauf, den Alma in ihrer Sorge um Max so gar nicht brauchen kann.
»Das kannst du mir später berichten, jetzt müssen wir unseren Kleinen finden.«
Sie nimmt wieder Fahrt auf.
Mr. Odino folgt ihr.
Er fällt in den Trab.
Sie nähern sich dem Waldrand.
»Hörst du das auch?«, fragt Mr. Odino.

Ja, Alma hört das auch.
Es sind diffuse Geräusche, die zu ihnen dringen. Ein Gewirr von Tönen und Lauten. Instrumente. Stimmen. Raue Rufe und wüste Gesänge.
Was ist da los? Eine Versammlung? Ein Theaterstück? Eine Feier? Eine Demonstration?
Alma zeigt in die Richtung, aus der die Geräusche kommen.
»Vielleicht ist er dort«, sagt sie.
Je näher sie kommen, desto mehr Gestalten tauchen unversehens rechter- und linkerhand auf – als wären sie von den Bäumen getropft oder dem Erdreich entsprungen – und strömen mit ihnen der Geräuschquelle zu. Es ist, als würden sie von kleinen Kraftstrudeln erfasst und ohne jegliches Zutun mitgeschwemmt. Fast unmerklich, aber zwingend.
Warum wird mir nicht schwindlig, fragt sich Alma. Aber sie hat keine Zeit, dieser Frage nachzugehen.
»Das ist nicht gut«, sagt Mr. Odino.
»Woher kommen all diese Leute?«, fragt Alma.
»Keine Ahnung. Aber wir müssen vorsichtig sein. Wir sind im Land der Barbaren. Hier ist ein höchst ungesundes Klima«, sagt Mr. Odino. »Hier sollten wir nicht sein, vielleicht vergreift sich einer von den Unholden an dem Jungen. Wenn er Max etwas antut, knall ich ihn ab.«
Ein Kinosatz.
»Dann würdest du verhaftet.«
»Ja, und zwar zu Recht.«
»Man würde dich verurteilen.«
»Ja, und zwar zu Recht.«
»Deine Tat wäre nicht in Ordnung.«

»Ja, genau das wäre sie: nicht in Ordnung.«
»Aber du würdest das gleichwohl tun?«
»Ja, ich würde es gleichwohl tun.«
»Gegen deine Überzeugungen?«
»Ja, gegen meine Überzeugungen.«
»Die Tat würde dich vernichten.«
»Ja, die Tat würde mich vernichten.«
»Obwohl der Professor es weiß, wird der Urmensch es tun?«
»Ja, so ist es.«
»Da siehst du, welch verunglückte Mischwesen wir sind.«
»Ja, so ist es«, sagt Mr. Odino. Und beinahe hätte er gelacht, als er an den grotesken Dialog bei ihrer Wiederbegegnung zurückdenkt. So hat er sie doch noch zu einem Urteil über die menschliche Spezies gebracht. Aber auch er findet schnell wieder zurück in die Aktualität.
»Im Übrigen, ich glaube nicht, dass unsere Vorstellungen von Recht und Ordnung hier irgendeine Geltung haben.«
»Könntest du mal aufhören mit deinem dunklen Geraune und dich auf die Suche konzentrieren«, sagt Alma und zeigt zu den Wipfeln der gereizten Bäume.

Heute große Gala im Colosseum Mispelheim

Eine flackernde Leuchtschrift in den Zweigen verkündet das.
Sie kommen dem versprochenen Ereignis näher – wenn es denn ein Ereignis ist.
Hinter den hohen Bäumen und gerahmt von hohen Bäu-

men, die immer noch zu wachsen scheinen, tut sich ein großes Amphitheater auf.
Was ist da los?
Was tun die da?
Was soll das sein?
Ein Witz?
Eine absurde Show?
Ein übles Ritual?
»Eine Orgie!« Mr. Odino schreit das.
Seine Nerven sind etwas strapaziert.
»Ruhig, alter Mann«, sagt jemand.
Was erregt Mr. Odino?
Was sieht er?
In Front: Eine Art Bühne. Auf der wandeln, stolzieren und springen etliche vermummte Gestalten. Sie deklamieren und kämpfen – miteinander? gegeneinander? – Tonfolgen, Gesten und Abläufe, die er nicht versteht. Einer, er hat drei Köpfe, stößt mit heiserer Stimme fürchterliche Flüche hervor.
Ein anderer singt laut, ohne es zu können.
Auch ein Teil des Publikums ist vermummt. Einige tragen absurde Hüte, viele sind maskiert.
Mr. Odino findet zurück zur Frage.
»Himmel hilf, was ist das?«, fragt er Alma, die er dicht hinter sich wähnt. Er bemerkt aber, als er den Kopf dreht, dass sie dort nicht ist, dass sie gar nicht mehr anwesend ist, dass sie offenbar blind weitergestürmt ist – auf der Suche nach Max.
Und sogleich muss er sich noch mehr wundern.
Er bekommt auch ohne Almas Zutun eine Antwort.
Einer – vermutlich dieser »Jemand« –, der jetzt dicht hin-

ter ihm steht – informiert ihn, allerdings mit einem leicht höhnischen Unterton:
»Das ist – ich drücke es mal speziell in einer Ihnen gemäßen Sprache aus – ein Mummenschanz, ein großes Verwirrspiel, die Feier der Unkenntlichkeit aufs Ganze und die Einleitung für den großen Tag der Wünsche.«
Der Informant hat frappierende Ähnlichkeit mit dem Oberstudienrat in der Dorfkneipe.
Odino weicht zurück.
Ist der das?
Ist der das nicht?
»Kennen wir uns?«, fragt er.
»Nicht, dass ich wüsste«, sagt der Informant.
Dann wird er bestimmter: »Nein, ich habe Sie noch nie gesehen. So eine Hackfresse … Das wüsste ich.«

Maximilian Artem unterhält sich mit einem Schauspieler

Der Schauspieler rezitiert sehr pathetisch:
»›Du siehst wohin du siehst nur Eitelkeit auf Erden
Was dieser heute baut, reißt jener morgen ein …‹«
Er wird leiser: »Verdammt, ich habe vergessen, wie es weitergeht.«
»Hast du dir das gerade ausgedacht?«, fragt Max.
»Nein, ein anderer hat sich das irgendwann einmal ausgedacht. Das ist schon lange her. Den gibt's nicht mehr. Ich rede an seiner Stelle. Gewissermaßen. Ich bin ja nur der Schauspieler«, sagt der Schauspieler.

»Du bist nicht echt?«, fragt Max.
»Echt gibt's nicht mehr.«
»Sind die ganz Verhüllten da unten auf der Bühne und die im Publikum echt?«
»Nein, die auch nicht. Sie täuschen Echtheit nur vor. Ein armseliger letzter Versuch, sichtbar unsichtbar zu werden und sich so eine letzte Sichtbarkeit zu sichern.«
Er deklamiert:
»›Ich bin alles, was ist, was gewesen ist, was sein wird.‹«
»Das verstehe ich nicht«, sagt Max.
Der Schauspieler lässt sich in seiner alltäglichen Stimmlage zu weiteren Erläuterungen herab:
»Also das ist so: Die Verschleierung der vermeintlich zeitgebundenen naturhaften Erscheinung ist der Versuch, sich durch die Unsichtbarkeit als eigentlich Sichtbare in die Vermutung zu stellen und dergestalt auf eine neue Weise ewiglich sichtbar zu werden.«
»So wie ein Gespenst?«, fragt Max.
»Gespenst? Nein, die sind völlig aus der Mode. Nenne sie, wie du willst: Avatare, Humanoide, Roboter, Klone, Cyborgs, Replikanten, Schimären, Androide, Biomaschinen, Homunkuli, Lehmgeburten … ach, was weiß denn ich … such es dir aus. Körpervarianten. Modulationen, Hybride, Blendlinge, Experimente eben.«
»Aha. Bist du auch nur so eine Variante oder ein Experiment?«
Der Schauspieler lenkt ab. Er zeigt auf Mr. Odino, der in diesem Moment auf sie zustürmt.
Der glaubt nämlich zu seinem Entsetzen erspäht zu haben, dass sich Max mit einem der Barbaren aus der Dorfkneipe, dem Schauspieler, unterhält.

»Ist das dein Opa?«, fragt der Schauspieler.
»Nein«, sagt Max, »das ist Mr. Odino.«
»Und das ist«, schreit Mr. Odino, und er zeigt auf den Schauspieler, »einer der Unholde aus der Dorfkneipe.«
»Nein«, sagt der Schauspieler, »nein, mein Herr, Sie irren, die Dorfkneipe habe ich nie betreten, das ist einer der Ställe für ausrangierte Duplikate.«
»Wie bitte?«, sagt Mr. Odino.
»Aha«, sagt Max, er hat die Nase voll von all diesen Erklärungen.
»Duplikate? Was soll das heißen?«, fragt Mr. Odino.
Aber er bekommt keine Antwort.
Der Schauspieler wendet sich an Max.
»Was will dieser wilde Mann?«
Da Max die Frage nicht versteht, zuckt er nur ratlos mit den Schultern.
Das hätte er besser nicht getan.
Jetzt tritt der Schauspieler, oder sein Doppelgänger, oder wer er auch immer sein mag – einen Schritt zurück, streckt den Arm aus, zeigt mit dem Finger auf Mr. Odino und schreit:
»Haltet den Knabenschänder.«
Und schon strömen die Mannen herbei.
Mr. Odino ergreift die Flucht und taucht ab in der Menge.

Undinen oder was?

Eine Elendskarawane zieht im Bühnenhintergrund vorüber. Geschundene, gebeugte, magere Gestalten in Lum-

pen und Ketten, gezeichnet von Elend und Not. Über ihnen: eine bedrohliche Wolkendraperie.
Da führt kein Weg am Mitleid vorbei.
Ein Pferd mit acht Beinen galoppiert von links nach rechts über die Bühne.
Ein Frosch applaudiert hektisch.
Im Vordergrund: eine Darbietung unverständlicher Bräuche.
Eine Stimme aus den Bühnenwolken verkündet:
Nach dem Mixtum compositum gibt es auch diesmal wieder eine Lesung aus dem ›Buch der Wunder‹. Begrüßen Sie den nach 1880 Jahren von den Toten erneut auferstandenen Phlegon von Tralleis.
Frenetischer Applaus.
Phlegon tritt auf.
In eine lappige Toga gehüllt und mit Badelatschen an den ungepflegten Füßen. Er ist offensichtlich der Star dieser Veranstaltung.

Er legt gleich los:
»›Hesiod, Dikaiarchos, Klearchos, Kallimachos und bestimmte andere Autoren berichten (…) dass im Land der Lapithen dem König Elatos eine Tochter geboren und Kainis genannt wurde. Nachdem Poseidon mit ihr Geschlechtsverkehr gehabt und ihr versprochen hatte, ihr alles zu erfüllen, was sie wolle, bat sie darum, dass er sie in einen Mann verwandeln und sie unverwundbar machen möge. Poseidon erfüllte ihr diese Bitte.‹«
Er verneigt sich.
Verhaltener Applaus.
»Das war nur zum Warmwerden«, sagt Phlegon, »bald

aber sollt ihr staunen. Ich bitte um Ruhe und um absolute Aufmerksamkeit.«

Er stellt sich in Positur. Beine breit. Brust raus. Kopf hoch.

»›Mir fällt es zu, ihr Römer und ihr anderen Soldaten, genau an dem heutigen Tag zu sterben und von einem roten riesigen Wolf verschlungen zu werden, doch was euch betrifft, so sollt ihr wissen, dass euch alles, was ich gesagt habe, zustoßen wird. Nehmt die unmittelbar bevorstehende Erscheinung des Untiers und meinen eigenen Untergang als Beweis dafür, dass ich mit größter Eingebung wahr gesprochen habe.‹«

Er machte eine bedeutsame Pause.

»Phlegon ist große Klasse. Immer wieder«, sagt einer im Publikum.

»Aber das letzte Mal, als er die Storys von den Untoten und den Monstern vortrug, war er besser«, sagt ein anderer.

Dieser Meinung scheinen auch einige im Publikum zu sein, denn es breitet sich eine Unruhe aus, ein Scharren und ein unwilliges Murmeln.

Schon im nächsten Moment aber, da das kolossale Untier, das Phlegon angekündigt hatte, tatsächlich erscheint – wie aus dem Nichts ist es plötzlich da –, wird es wieder sehr still.

Das Untier ist, wie vom alten Griechen beschrieben, blutrot und riesig, es hat jedoch trotz seiner titanischen Größe den Körperbau eines gemeinen Wolfes.

Ein gewaltiges Vieh.

Ein gewalttätiges Vieh.

Mit gefletschtem Zähnen und gesträubtem Fell stürzt es sich auf Phlegon.

Ein Aufschrei geht durch das Publikum.
Phlegon hatte sich, als er das Untier erblickte, opferbereit, dem Schicksal ergeben, auf den Rücken geworfen mit weit ausgebreiteten Armen.
Das wölfische Monster, es ist so gigantisch, dass es Phlegon nahezu komplett unter sich begräbt, reißt dessen Körper mit wenigen Bissen auf und verschlingt ihn blitzschnell – nur den Kopf lässt es gänzlich unberührt.
Dann verschwindet es so jäh, wie es gekommen war.
Zwei Zuschauer waren auf die Bühne geklettert, um Phlegon beizustehen.

Da aber spricht laut sein Kopf:
»›Berührt meinen Kopf nicht, denn es ist nicht recht
für die, in deren Herzen Athene wilden Zorn gepflanzt hat,
einen heiligen Kopf zu ergreifen. Halt inne
und höre auf die Prophezeiung, mit der ich dir Wahres verkünde:
Zu diesem Land wird ein großer und mächtiger Ares
kommen, der das bewaffnete Volk zum Hades in die Dunkelheit unten schicken
und die Steintürme erschüttern wird und die langen Mauern.
Unseren Wohlstand, unsere kleinen Kinder und unsere Frauen wird er ergreifen
und sie nach Asien bringen die Wellen überquerend …‹«

Kaum, dass der Kopf die letzten Worte gesprochen hat – war er wirklich am Ende seiner Rede angekommen? –, huschen vermummte Gestalten auf die Bühne und räumen ihn ab.

Tosender Beifall. Bravorufe. Fußgetrampel.
»War doch wieder richtig gut«, sagt der Zuschauer, der zuvor gemeckert hatte.

Im Bühnenhintergrund leuchtet eine Reklame:
Besichtigen Sie Phlegon von Trallais im Garten der Arten in Gesellschaft des rekreierten Mammuts.
Öffnungszeiten: Mo–Sa 9.00–18.00 Uhr. So geschlossen.

Die Wolkenstimme kündigt die nächste Attraktion an:

»Es tritt auf: Der Herr der Quellen.«

Ein feister Kerl rollt herein. Es ist nicht zu erkennen, warum er rollen kann oder warum er rollen können sollte. Sein langes Haar lockt in alle Himmelsrichtungen. Und ein mächtiger Bart kringelt herunter bis auf den Gipfelpunkt seines dicken Wanstes. Sein Gesicht ist rot aufgedunsen. Das Gesicht eines Säufers. Er fuchtelt wild mit seinem Dreizack, worauf der Bühnenboden ein wenig wackelt und ihm ein Stürmchen durch Haar und Bart fährt.
»Neptun?«, ruft jemand im Publikum.
»Poseidon?« Ein anderer.
»Ist das ein Ratespiel?«, fragt Mr. Odino, der sich mutig wieder unter das Publikum gemischt hat.
Diesmal erhält er keine Antwort.
Im Bühnenhintergrund rauscht ein Wasserfall.
Aus dessen Perlschnurkaskaden treten fluoreszierende Frauengestalten in glänzend schuppigen Kostümpanzern

und finden sich zu einem zügellosen Tanz. Sie vollführen unglaublich gewagte Sprünge. Eine Tänzerin hat drei Beine.
Bald wird ihr Tanz derber. Eigentlich ist es nur mehr ein Gehopse und Gestampfe. Der Boden bebt. Die Bänke wackeln. Die Bäume neigen ihre neongrünen Kronen.
»Jungferntanz im nördlichen Wald«, verkündet die Wolkenstimme.
»Was sind denn das für alberne Karnevalsgestalten?«
Mr. Odino kann die Fragerei gar nicht mehr lassen.
Und schon wieder kommen Vorschläge aus dem Publikum.
Elfen? Nymphen? Sylphen? Nereiden? Nornen? Undinen? Nixen?
Da aber meldet sich der Hochschullehrer in Mr. Odino. Er ist ungehalten. Nahezu empört.
»Was denn nun? Hat noch jemand irgend so einen aparten Vorschlag?«
»Keine Ahnung«, sagt einer im Publikum.
»Im Grunde ist es grad wurscht«, sagt ein anderer, der auch aussieht wie der Oberstudienrat aus der Dorfkneipe.
Aber jetzt muss so ein Professor, zu dem sich Mr. Odino wieder rückentwickelt hat, doch mal durchgreifen.
»Was für ein fürchterliches Durcheinander«, sagt er streng. »Da muss eine Ordnung rein. So eine beliebige Herumraterei bringt uns auf keinen grünen Zweig.«
Das klingt doch sehr nach Unterstufenpädagogik.
Mr. Odino zetert weiter:
»Gibt es niemanden mehr, der hier irgendetwas ordnet? So geht das nicht.«
»Aber sicher geht das so, alter Mann«, sagt der Dorfdepp

oder dessen Double oder jemand, der ihn spielt, und klopft dabei begütigend auf Mr. Odinos Schulter.
Ein anderer ist weniger freundlich: »Wenn du so weiter meckerst, alte Spaßbremse, dann wirst du abgeräumt.«
Die Balletteusen verschwinden wieder im Wasserfall.
Das Pferd mit acht Beinen galoppiert wieder über die Bühne, diesmal von rechts nach links.

»Und nun der Höhepunkt«, verkündet die Wolkenstimme, und sie fügt hinzu:
»Eine alte Sage. Der Kampf des Drachen Fafnir mit Arlecchino.«

Mr. Odino wendet sich mit Grausen.

Alma Lupinski und Maximilian Artem wieder vereint

Alma ist glücklich, sie hat ihren Enkel gefunden. Sie erspart ihm die Vorwürfe. Aber die Frage, wo er denn gewesen sei, kann sie sich doch nicht verkneifen.
Er habe mit einem Schauspieler geredet. Der aber sei nicht echt gewesen.
Max zeigt auf die Bühne.
»Die da sind alle nicht echt«, sagt er. »Die sind nur ausgedacht.«
Alma erklärt, so gut sie kann und auch etwas sinnlos. Schließlich ist davon auszugehen, dass Max weiß, was das Wort Schauspieler meint.

»Ja natürlich, sie spielen nur Rollen, die Theaterfiguren sind notwendig ausgedacht, das, was sie sagen, wie sie es sagen, das, was sie tun, wie sie es tun, das alles ist ausgedacht von einem Autor und einem Regisseur. Und Leute, die das Spielen gelernt haben, führen es dann auf. Man nennt sie Schauspieler.«

Max schüttelt den Kopf.

»Nein, das hat er so nicht gesagt. Er hat gesagt, dass auch die Leute, die das spielen, ausgedacht sind. Er hat gesagt, dass das Experimente sind. Und noch was hat er gesagt …«

Max denkt nach, dann fällt ihm das schwierige Wort wieder ein.

»… er hat gesagt, dass das Körpervarianten sind.«

»Körpervarianten? Sonderbar«, sagt Alma. Sie weiß nicht so recht, was sie davon halten sollte und was sie dazu sagen könnte.

Da Max sie erwartungsvoll ansieht, flüchtet sie – wie so oft – in die allgemeine Belehrung.

»Du musst wissen: Körpervarianten hat es immer gegeben. Im Laufe der Geschichte hat sich der menschliche Körper unaufhörlich verändert. Das Klima, die Nahrung, Medikamente und vieles mehr haben ständig auf die körperliche Ausstattung eingewirkt. Neulich hast du die Ritterzeit erwähnt. Schau dir nur mal die Rüstungen dieser Ritter an, dann wirst du staunen, wie klein die waren.«

Max hat den Kopf abgewendet.

»Seit wann hörst du mir nicht mehr zu?«

Max antwortet nicht. Er ist abgelenkt, weil eine heftige Bewegung über die Menge gekommen ist.

Der Turm

Das Schauspiel, wenn es denn eines war, ist zu Ende. Die Darsteller fluten ins Publikum. Sie alle formieren sich zu einem gemeinsamen Aufmarsch. Immer vier oder fünf in einer Reihe. Der Takt ihrer Schritte ist akustisch streng vorgegeben. Rhythmische Schlagvorgaben, die das Aufmarschtempo erzwingen. Als schwebte ein unsichtbares Metronom über der Truppe.

Mr. Odino, Alma und Max, wieder vereint, reihen sich ein. Auch sie befinden sich im Tempokorsett.

Nach einem zehnminütigen Marsch stoppt die Kolonne.

Und wieder ertönt eine Stimme von oben, aber sie hat einen anderen Klang, einen auffallend harten Klang, künstlich, fern und gebietend:

»Heute großer Tag der Eingaben und der Wünsche.«

Heftiger Applaus. Einzelne Jubeltöne.

Aber was ist das?

Alma, Mr. Odino und Max schauen staunend in die Höhe, die Köpfe zurückgestreckt, so weit der Nacken es erlaubt. Und jetzt können sie ahnen, wohin die metallische Stimme gehört.

Vor ihnen richtet sich majestätisch auf: ein konisch geformter Turm.

Wow!

Hoch und mächtig. Hart gefügt, eisig und abweisend, glatt und frostig, spiegelnd, transparent und doch absolut uneinsehbar – und garantiert uneinnehmbar.

Nicht Tor, noch Tür, kein Fenster, kein Riss, kein Spalt.

Der Turmriese funkelt prächtig und strahlt dringlich in

alle Welten. Das Laub der Bäume rings umher glitzert tausendfältig in allen Farben, selbst der Himmel strahlt das prächtige Gefunkel zurück.
Es tut dem Auge weh.
Turmhoch auf dem Wehrgang sind undeutlich einige Figürchen zu erkennen, insektengroß krabbeln und zappeln sie auf und ab und hin und her.
Nicht sehr eindrucksvoll.
Schon im nächsten Moment aber – es ist ja kaum zu glauben – schwellen auch sie mehr und mehr an, werden sie größer und größer, und immer größer noch, blähen sich monströs auf. Dergestalt ins Kolossale gesteigert schweben sie über den Zinnen.
Dem Turm anverwandelt scheinen diese Riesen aus Licht geformt und von Glut umflort.
Eine Fanfare ertönt.
Die Turmstimme verkündet:
»Es sind gnädig erschienen:
Die Giganten!«
Dem Publikum entströmt eine Klangmischung – Laute der Ehrfurcht, der Demut und der Gläubigkeit.
Die Turmstimme zählt auf:
»Als da sind: Der Hohepriester der allgültigen Hightech-Ordnung, die ehrbaren Fürsten des technoplastischen Transhumanismus, die erhabenen Meister der Biodiversität, der oberste Keimbahnvirtuose, der Hüter des Genschatzes, der Sportgeneral, die Lachzwangdiva und der prämierte Spaßvogel.«
Die Ungetüme heben ein jedes lässig die gewaltige rechte Hand zum Gruß und deuten eine Verbeugung an.
Der Bann bricht.

Frenetischer Applaus. Jubel.
Eine Fanfare.

Die Turmstimme verkündet:
»Der Herold wird die Bitten aufrufen.«
Und schwupp schon wird in einer Zinnenscharte ein buntgewandeter Herold sichtbar.
Er ist nicht ganz so voluminös wie die Giganten, und er macht einen vergleichsweise fleischgebundenen Eindruck.
Mit kräftiger Stimme ruft er die Bitten auf.
»Die Bitte der Chip-Sklaven Stufe III um neue Implantate.
Die Bitte der Chip-Sklaven Stufe VI um die Verkürzung der Fronarbeit.
Die Chip-Sklaven der Kategorie V bitten um die Verzögerung der endgültigen Abschaltung.«
Pause.
Die Turmstimme:
»Heute werden die Anträge für die Höherstufung im Rang der Leibeigenschaft zwar angenommen, aber nicht alle entschieden.
Die Entscheidung für die Stufe III und IV wird der hohe Rat der Giganten bei der nächsten Sitzung treffen.
Der Termin wird zeitnah bekanntgegeben.«
Ein Raunen des Bedauerns geht durch die Umstehenden, ja bei einigen klingt sogar eine tiefe Enttäuschung mit.
»Bei der Kategorie I wie auch bei der Kategorie II bleibt bis zu der nächsten Verkündigung alles, wie es ist.«
Applaus.
»Für die Kategorie V allerdings, das kann schon kundgetan

werden, gibt es keine Verwendung mehr, sie wird kurzfristig und umfassend abgeschaltet.«
Einzelne Aufschreie. Und ein allgemeines Stöhnen. Es senkt sich wie frostiger Tau auf die Versammlung und vereist die folgende Stille.
Eine lähmende Stille, die einen Abgrund in die Zeit reißt.
– Stille –
Dann aber – hui – tritt der Herold wieder munter in Erscheinung.
Er strahlt wärmenden Frohsinn aus und gibt bekannt:
»Ein Werwolf, der sich unter euch gemischt hatte, wurde zum Tode verurteilt und gestern hingerichtet. Ihr dürft beruhigt ausgehen von einer allgemeinen Tierbefreiung.«
Matter Applaus.
Fanfare.
Der Herold:
»Die Giganten treten ab.
Die Verkündigung ist beendet.«

Plötzlich – Mr. Odino, Alma und Max schreien auf und weichen zurück.
»Hilfe! – Feuer! Hitze! Glut!«
Flammen, nein, ein Flammenmeer!
Feuersäulen rauschen in die Höhe und kreisen sie ein.
Sie sind gefangen im Flammenrund.
Höllisch umzingelt.
Es ist, als stehe die ganze Welt in Brand.
Ein Inferno.
Das Ende aller Tage.
Luziferische Glutbälle durchrasen das Firmament und entfachen einen Funkenregen.

Es zischt und prasselt und züngelt all überall.
An Flucht ist nicht zu denken. Die Menschen hinter und neben ihnen verharren unbeweglich, dicht an dicht, Körper an Körper einer festen Mauer gleich, als habe sie die Glut gelähmt. Blockiert und gebannt sehen Odino, Alma und Max, wie sich auch der hohe Turm in eine gewaltige himmelwärts lodernde Fackel verwandelt.
Gigantisch!
Aber:
Eine Fackel, die – huch – gleich darauf geschwind und vergleichsweise kläglich, ja geradezu armselig, wenn nicht sogar dürftig wieder herunterzüngelt.

Puff – und das war's auch schon.

Ja, es ist überaus erstaunlich, noch eben stand alles – Baum und Turm, Himmel und Erde – in einer gewaltigen Feuersbrunst, und nun, kaum drei Atemzüge später, ist der ganze Spuk vorbei.
Puh!
»Die verlieren keine Zeit«, sagt Alma.

Der Turm ist erloschen. Wo er stand, ist nur noch Schwärze.
Die Umstehenden scheinen den Vorgang zu kennen, jedenfalls wirken sie nicht sonderlich beeindruckt, eher apathisch.

Während Alma, Mr. Odino und Max sich noch von dem Schreck erholen, verteilt sich murmelnd die Menge.

Was war das?
Sie können es nicht wissen.

Der letzte Auftritt

Auch Alma, Mr. Odino und Max wenden sich zum Gehen. Nach wenigen Minuten treffen sie auf den Schauspieler und seinen Doppelgänger. Die stehen voreinander, sehen einander starr in die Augen und deklamieren seltsame Texte.
Das Double:
»›Die Sonne strahlte auf die ekle Fäulnis nieder …‹«
Er bricht ab.
»Hilfe. Der Text ist weg.«
Der Schauspieler:
»›… Ich glaube es bald auch. Ich habe mich lange gegen den Gedanken gewehrt. Ich sagte mir: Wladimir, sei vernünftig, du hast noch nicht alles versucht. Und ich nahm den Kampf …‹«
Er bricht ab.
»Verdammt, ich weiß nicht mehr, wie es weitergeht.«
Das Double:
»›Denn alles Fleisch, es ist wie Gras …‹«
Der Schauspieler:
»›Was dieser heute baut, reißt jener morgen ein …‹«
Das Double:
»›Am Grunde der Moldau wandern die Steine.
Es liegen drei Kaiser …‹«
Der Schauspieler:

»›Hu! Der Kauz! Wie er heult,
Wie sein Furchtgeschrei …‹«
Das Double:
»›Ja, das ist eben schade. Das ist riesig fade. Die Welt ist arm, der Mensch ist schlecht. Da hat er eben …‹«
Der Schauspieler:
»›Erwürgen – ha! Du hungerst nach erwürgtem Aas,
Du naher …‹«
Das Double:
»›Ich wohnte lange Zeit in weiten Säulengängen …‹«
Der Schauspieler:
»›Mit hohen Pfeilern, stolz und voll …‹«
Das Double:
»›Ja, dann ist's leider nichts damit. Dann ist das alles eben …‹«

»Kitt«, sagt Alma, »und Kraut und Rüben. Ein lächerlicher Zitatenmatsch nicht nur bruchstückhaft, noch dazu in völlig beliebiger poetischer und historischer Reihung.«
»Gute Frau«, sagt der Schauspieler, »wenn es keine Vergangenheit mehr gibt, gibt es auch keine Reihenfolgen mehr. Ist doch logisch. Wenn es mein Gedächtnis nicht mehr gibt, gibt es mich auch nicht mehr – jedenfalls nicht mehr in der Version, in der ich mich denken konnte. Ich bin dann nur noch Hülle. Vielleicht werde ich mnemotechnisch neu bestückt.«
»Das träumst du doch bloß. Da kannst du lange warten. Aussichtslos«, sagt das Double.

Max fragt Alma: »Gibt es mich?«
»Ja.«

Max fragt Alma: »Bin ich echt?«
»Ja, mein Kleiner.«

Max zupft den Schauspieler am Jackenärmel, damit dieser auf ihn aufmerksam wird, und fragt:
»Was macht ihr da?«
Der Schauspieler und sein Doppelgänger (sie sprechen jetzt synchron):
»Wir durchforsten unsere Speicher.«
»Aha«, sagt Max.
Mit gesenkten Häuptern und hängenden Schultern trotten die beiden an seiner Seite.
Max zupft wieder am Jackenärmel.
»Hey. Was ist los mit euch?«, fragt er. »Warum seid ihr so traurig? Werdet ihr auch abgeschaltet?«
»Ja«, sagt der Schauspieler, »sie haben schon angefangen mit dem Löschen unserer Speicher. Das hast du ja eben gemerkt. Aber das, was einst in unseren Berufsspeichern war, will sowieso niemand mehr hören. Wir waren in letzter Zeit nur noch gut für die Lachprogramme.«
»Dürft ihr nie mehr spielen?«
»So ist es. Wir wurden aussortiert«, sagt der Schauspieler. »Knallhart. Wir dürfen nicht nur nicht mehr spielen, wir dürfen auch nicht mehr sein.«
»Könnt ihr euch nicht wehren?«
»Nein, unsere Vorfahren konnten nicht genug Zeit kaufen.«
»Das verstehe ich nicht«, sagt Max.
Der Schauspieler erklärt:
»Das war einmal, in den lange vergangenen Tagen, da es das Geld noch gab.«

»Das verstehe ich nicht«, sagt Max.
Da sich niemand zu einer weiteren Erklärung findet, fragt er weiter:
»Werden andere eure Sachen speichern?«
»Nein, das glauben wir nicht, wie gesagt, das war sowieso nur alter Schrott, das will keiner mehr sehen oder hören.«
»Aha.«
Max lässt sich nicht entmutigen, er fragt weiter:
»Wohin geht ihr jetzt?«
»Zum Sportplatz.«
»Zum Sportplatz?«
»Ja, Sport hat noch Geltung. Wenn wir uns im Kampf bewähren, haben wir eine letzte Chance.«
»Gegen wen müsst ihr kämpfen?«
»Das wissen wir nicht, das werden wir dann sehen.«

Der Sportplatz

In einer rechteckigen Absperrung, die einem traditionellen Boxring gar nicht unähnlich ist, kämpfen zappelnd zwei komplett verhüllte Gestalten gegeneinander.
Auf den ersten Blick könnte man es lustig finden.
Die Zuschauer feuern die Vermummten an.
»Hau zu! Dichter ran! Mach sie alle! Alte Memme!«
Die Regeln ihres Kampfes sind nicht leicht zu durchschauen.
Es ist ein rätselhaftes, diffuses Geschehen. Ein brutales Schlagen kombiniert mit einem nahezu feinfühligen Tas-

ten. Eine schlüpfrige Schlängelei und ein brutales Haudrauf.
Alma, Mr. Odino und Max setzen sich auf freie Plätze in eine der vorderen Bankreihen.
»Wenn du denen die Hüllen runterreißt, bist du wahrscheinlich keinen Schritt weiter«, sagt Mr. Odino.
»Unter der Hülle: eine Frau? Ein Mann? Eine neue Kreation, die auf ihre feierliche Enthüllung wartet, ein Kunstgebilde? Ein Igelmensch? …«
Max fragt den Mann, der rechts neben ihm sitzt:
»Wer kämpft da?«
»Die übermäßig Fromme gegen die heißblütige Robotfrau«, sagt sein Banknachbar. »Das sind aber nur ihre Kampfnamen.«
»Sind die beiden echt?«
»Das kann man nicht wissen.«
Jetzt sinkt die eine Kämpferin zu Boden. Nein, sie sinkt nicht, sie fällt schlagartig und lautlos in sich zusammen – als hätte sich nie etwas Geformtes unter der Hülle befunden – und liegt erschlafft einem schwarzen Bündel gleich in der Ringmitte.
Ein Ringrichter erscheint. Er untersucht das Bündel. Mit einer Handbewegung – geballte Faust, Daumen nach unten – gibt er die Niederlage bekannt. Dann gratuliert er der heißblütigen Robotfrau. Die reißt die Arme hoch.
Die Zuschauer applaudieren heftig.
»Was ist passiert?«, fragt Max.
»Die heißblütige Robotfrau hat den Abschaltsensor am Körper der übermäßig Frommen getroffen«, sagt der Banknachbar.
»Ist die andere tot?«

»So etwas Ähnliches. Tot sagen wir nicht mehr.«
Die heißblütige Robotfrau verlässt umjubelt den Ring.
Das Bündel wird rausgeschleift.
Der Banknachbar erklärt:
»Die heißblütige Robotfrau hat den richtigen Kontakt am Körper der übermäßig Frommen erfühlt und dann mit ihrer legendären Schlagkraft draufgehauen. Das ist sauschwer. Zumal die übermäßig Fromme für ihre Biegsamkeit, ihre Schläue und ihre Tücke bekannt war.«
Max zeigt auf die Siegerin.
»Ist das wirklich eine Frau?«
»Das können wir nicht wissen.«
»Ich meine, ist sie wirklich eine wirkliche Frau?«
»Das können wir nicht wissen.«
»Und die andere?«
»Das können wir auch nicht wissen. Nur der Pudel von Sindri Eschen konnte erschnüffeln, wie viel gewachsenes Fleisch noch dran ist. Aber der war schon lange nicht mehr hier.«
»Hat sich ausgepudelt«, kalauert der Banknachbar zur Linken und biegt sich vor Lachen über den eigenen faden Witz. Mr. Odino mustert ihn argwöhnisch. Wieder hat er den Eindruck, dass er diese Figur schon einmal gesehen hat, dass es sich nämlich um den grobianischen Spaßvogel aus der Dorfkneipe handeln könnte. Aber er hält sich zurück.
Der Ringrichter sagt den nächsten Kampf an.
»Es folgt der Kampf des Schauspielers Nummer 128 gegen den reinen Toren mit dem Kampfnamen Parceval Nummer 17.«
»Lasst uns gehen«, sagt Mr. Odino, »das muss ich nicht

mehr sehen, das widert mich alles nur noch an, ich habe die Nase voll von all diesen Possen.«
Da will ihm niemand widersprechen.
Er steht auf und geht.
Alma und Max folgen ihm.
»Das ist doch Käse«, sagt Max, »da kenne ich Besseres.«
»Was meinst du? Woher willst du Besseres kennen?«
»Na, aus den Filmen und den Comics.«
»Aus welchen Filmen?«
Max zählt lustlos – was ihm spontan einfällt – auf: »›Prometheus‹, ›Inosensu‹, ›Akira‹, ›Watchmen‹, ›Interstellar‹, ›Westworld‹ …«
»Wo siehst du solche Filme? Im Fernsehen?«, fragt Alma.
»Nein. Im Netz. Im Internat schauen wir uns nachts manchmal so was an. Da reden die aber nicht so komische Sachen wie hier.«
Alma und Mr. Odino – unisono –: »Aha.«
Sie kennen die Filme und Comics nicht. Sie haben keine Ahnung, wovon Max redet.
Alma ist beunruhigt.

Der Eremit

Langsam gehen sie.
Stumm gehen sie.
Kleine Schritte unter einer Sonne, die lügt.
Ein trauriges Trio.

Sie umgehen den Platz, auf dem der Turm erschienen war.
Sie meiden die Gegend, in der das Colosseum steht.
Sie gönnen der Silbervilla keinen Blick.

Sie machen einen Bogen um die Dorfkneipe.
Wohin gehen sie?
Sie wissen es nicht.
Vielleicht ist es dem Wind bestimmt, sie zu treiben, wohin auch immer.

Max zupft am Ärmel von Alma.
»Ich weiß jetzt etwas«, sagt er.
»Ach ja?«
»Wenn das Kämpfen nicht mehr lohnt, musst du in Deckung gehen, aus der Sichtbarkeit. Du musst bei denen bleiben, die du liebst und die dich lieben.«
Alma ist beeindruckt auch von der Wortwahl.
»Woher willst du das wissen?«
»Von den Wölfen.«
Sie glaubt ihm das, obwohl sie weiß, dass es unmöglich ist.
Sie gehen weiter.

Und wieder lockt eine Stimme.
Nein, es ist keine Wolkenstimme.
Es ist auch nicht die Turmstimme.
Menschliche Laute.
Ein weiches Organ spricht
milde Reime
eindringlich
sehr leise
leise.
»›Des Waldes Dunkel zieht mich an,
doch muss zu meinem Wort ich stehen
und Meilen gehen, bevor ich schlafen kann.‹«

»Das ist die Kino-Version«, sagt Alma.
»Ja«, sagt Mr. Odino, »und ich erinnere mich, dass du, nachdem wir diesen eher mittelmäßigen Ami-Film gesehen hatten, der Ansicht warst, dass die Synchron-Version erstaunlicherweise besser sei als die offiziellen Profi-Übersetzungen.«
»Das stimmt, ich erinnere mich auch«, sagt Alma und lacht, weil die jugendliche Lebenslust von »damals« sie kurz streift. Ein Hauch aus einer Zeit des Übermuts, als man es sich im großzügigen Umgang mit der Zeit noch leistete, in mittelmäßige Filme zu gehen.
Jetzt aber darf sie keine Zeit mit sentimentalen Rückblicken verschwenden.
Sie wendet sich wieder dem aktuellen Geschehen zu.

Nach ein paar Schritten ahnen sie, woher die weiche Stimme kam.
Am Wegesrand wölbt sich ein von giftgrellgrünen Ranken überwucherter Hügel, darinnen eine Höhle, dort, wo niemand so etwas wie eine Höhle vermuten würde.
Im Eingang der Höhle sitzt ein ausgemergelter Mann. Sein Oberkörper ist nackt, daher kann man sehen, wie mager er ist. Man kann die Rippen zählen. Die Haut, die sich über seine Knochen spannt, ist stahlgrau. Auf dem trockenen Kopf trägt er eine Art Turban. Knallrot. Auf seinem Schoß liegt ein zierliches Zupfinstrument aus früher Zeit.
»Hat euch mein Gedicht gefallen?«, fragt er.
»Ja, immer wieder schön«, sagt Mr. Odino im Stimmklang der interesselosen Höflichkeit.
Aber Alma will nicht mehr höflich sein: »Von wegen ›dein

Gedicht‹. Hier schmückt sich wohl jeder Hohlkopf mit fremden Federn.«

»Ach, lass ihn doch«, sagt Mr. Odino, dem inzwischen solche Urheberfragen nicht mehr wichtig sind. Überhaupt sind ihm die alten Wichtigkeiten vergangen. Er ist wirklich strapaziert. Außerdem ist er abgelenkt. Dieser dürre Typ erinnert ihn vage an jemanden aus seiner Vergangenheit. Das Gefühl bleibt aber undeutlich.

Auch Alma grübelt.

Wenn er nicht so schrecklich mager wäre, denkt sie, und nicht so grau und nicht so geschwätzig und etwas jünger und wenn er nicht diesen albernen Turban trüge, hätte er eine entfernte Ähnlichkeit mit Titus von Bärentrost. Aber nur sehr entfernt.

Das fehlt ja noch!

Wahrscheinlich – so bekämpft Alma inwendig die befremdende Anmutung – haben mich die Turbulenzen der letzten Stunden etwas verwirrt.

Das ist plausibel.

Wahrhaftig, nach solchen absurden Abenteuern können die wildesten Ideen aufkommen.

Sie schaut nochmals genau hin – nein, da ist doch keine Ähnlichkeit.

»Wer bist du?«, fragt Max den Mageren.

»›Ein Klümpchen Schleim in einem warmen Moor‹«, sagt der Magere.

»Jetzt fängt der auch noch an mit der wilden Zitiererei«, sagt Alma unwillig. Max hat auch keine Geduld mehr.

»Lass den Scheiß, sag einfach, wer du bist.«

»Ich bin der Eremit. Mein Name war Sindri Eschen. Einst

hatte ich einen Pudel. Ich habe mich aus aller Welt zurückgezogen und lebe seit ich denken kann ein genügsames Leben hier in meiner Höhle.«

»Seit wann ist hier alles so komisch?«, fragt Max.

»Ich denke, du musst dem Herrn erklären, was du mit komisch meinst«, sagt Alma.

»Ich glaube, ich weiß, was er meint«, sagt der Eremit einfühlsam. »Ja, Kleiner, du musst wissen, die Komik, das Entsetzen, der Niedergang, der Fortschritt – wie man es sehen will – kamen ins Land nach dem letzten großen Cyberkrieg. Das ist schon lange her. Ich weiß es auch nur aus Erzählungen. Seitdem gibt es den zentralen Zugriff. Alles wird erfasst, alles wird gefressen, geplündert, aufgesogen, ausgeweidet und verwertet. Jedwede Bewegung der Gestirne ebenso wie noch der kleinste gedankliche Rülpser in den zerebralen Verästelungen eines nichtswürdigen Körperwesens.«

Er holt Luft.

»Jedes wird zum Futter der Giganten, allumfassend bis hoch hinaus ins Planetarische, bis tief hinab zu meiner wurmgleichen Höhlenexistenz.«

»Das verstehe ich nicht«, sagt Max.

Der Eremit ignoriert ihn.

»Die haben eine globale Futtererfassung, einen unermesslichen Appetit, eine monströse Verdauung. Mit der Unappetitlichkeit des Ausscheidungsprozesses will ich dich mal verschonen.«

»Das verstehe ich nicht«, sagt Max.

»Ha«, der Eremit schlägt mit der flachen Hand gegen seine Stirn.

»Ich Idiot. Wahrhaftig, ich dachte, ich könne mich aus

all dem herausnehmen. Aber das war ein grausamer Irrtum.«

Er wiederholt sich.

»Es ist nicht zu fassen. Was war ich für ein Idiot. Natürlich, sie hatten mich immer auf dem Schirm. Ich war ihr Hanswurst, wenn auch unfreiwillig. Ich diente einzig ihrer Belustigung. Ich war ihr Spaßfutter.«

»Was ist ein Hanswurst?«, fragt Max.

Der Eremit antwortet ihm abermals nicht. Er fährt stattdessen fieberhaft fort mit seiner Selbstbeschimpfung.

»Ich Trottel, ich war so blöde. Ich glaubte mich ungebunden, ich hielt mich für eigenständig. Seit kurzem weiß ich, dass mein eremitisches Leben nur ein Wunschbild war, in Wahrheit jedoch war es lediglich eine außengeleitete absurde Spielform der allgemeinen Zurichtung.«

Max langweilt sich. Er unterbricht den Wortschwall des Eremiten.

»Und, was willst du jetzt tun?«, fragt er.

Der Eremit sackt in sich.

»Ich suche die Treppe hinab zum Mond.«

»Da stimmt was nicht«, sagt Max und tippt mit dem Zeigefinger an seine Schläfe.

Der Eremit lenkt ab.

»Waren Sie denn schon bei der großen Wunde?«

Er fragt das wie ein gestresster Reiseleiter.

»Nein«, sagt Alma ohne Interesse.

»Waas??? Sie waren nicht bei der großen Wunde??«

Jetzt klingt er wie ein empörter Reiseleiter. So als wären sie zwar in Paris, nicht aber im Louvre, in Sankt Petersburg, nicht aber in der Eremitage gewesen.

»Und was werden ›wir‹ tun?«, fragt Alma, die offensichtlich keine Lust hat, sich mit der touristischen Empfehlung des Eremiten zu beschäftigen.
»Wir könnten versuchen, das nächste Dorf zu erreichen«, sagt Mr. Odino. Er klingt resigniert.
»Mispelheim ist überall«, sagt der Eremit. Er klingt hämisch.

»In dieser Beliebigkeit kannst du nur untergehen«, sagt Mr. Odino. »Dagegen ist kein Kraut gewachsen. Wenn alles Mögliche gleichermaßen möglich ist, schlägt die Stunde der Alphatiere.«
»Ich will hier weg«, sagt Max heftig.
»Ich auch«, sagt Alma bestimmt.
»Nichts wie weg, das sag ich doch schon die ganze Zeit«, sagt Mr. Odino, er klingt jetzt hoffnungsvoll.
Sie schauen sich bestätigend an, dann nicken sie, dann gehen sie.
Man sieht ihnen die Erleichterung an.

»Wann fährt unser Bus?«, fragt Mr. Odino.
»Um 3.33 Uhr«, sagt Alma.
Na klar.

Als sie eingestiegen waren, sang die Spottdrossel die Arie Nr. 98.

Der Rückweg – Erleichterung? Enttäuschung?

»Uff«, sagte Max, nachdem er sich auf seinen Sitz hatte plumpsen lassen.
Odino nickte zustimmend.
»Was war das?«, fragte Alma.
»Wahrscheinlich war das alles nichts als Wahn und leerer Dunst«, sagte Mr. Odino.
Er dachte nach.
»Oder war es eine Provokation?«
Alma schüttelte den Kopf.
»Dann schon eher eine Parodie unserer Ängste.«
Mr. Odino hatte noch einen Vorschlag.
»Vielleicht war das die Zukunft?«
»Das glaube ich nicht«, sagte sie, »am Ende gar eine misshandelte Vergangenheit.«
»Und wenn es das Gleiche wäre? Wenn Silicon Valley im Neandertal läge?«
»Ich bin zu alt, das nehme ich nicht mehr in mein Leben hinein«, sagte Alma matt.
Als ob es da eine Wahl gäbe.
Und schon begannen sich die Mispelheimbilder in ihren Köpfen aufzulösen.
»Eine provinzielle Geisterbahn nur«, murmelte Mr. Odino und gähnte.
»Seelische Bähungen«, brummte Alma, »eine geistige Kloake.«
»Das geht mir alles am Arsch vorbei«, sagte Max und gähnte auch.
»Ich dachte, diese Arschmetapher wäre out«, sagt Alma schon im Halbschlaf.

Der Busfahrer lachte dreckig. Es war wieder derselbe, und er trug auch wieder die verspiegelte Sonnenbrille, obwohl die Sonne, oder ihr Double oder was auch immer, gerade unterging.
»Nein«, sagte er, »Sie irren, keine Ihrer Vermutungen trifft zu. Ich kann Ihnen sagen, wo Sie waren. Sie waren auf Europas Resterampe.«
Aber weder Max noch Alma noch Mr. Odino hatten diese Belehrung – oder sollte es ein Witz sein? – noch wahrgenommen. Sie waren müde, unendlich müde. Sie schliefen kaum, dass der Bus gestartet war.
Was hätte Alma gesagt, hätte sie die Worte des Busfahrers gehört? Hätte sie gesagt, dass ihr so ein kulturpessimistischer Klugscheißer gerade noch gefehlt habe?
Das kann man nicht wissen.
Sie schliefen den Schlaf des Vergessens, während der Bus durch die bunten Lande rumpelte.
Traumverloren.
Nur Mr. Odino tauchte einige Male aus dem Tiefschlaf auf, weil sich bei jedem Schlagloch ein Schmerz im Rücken meldete. Er schien jedoch nie den Wachzustand ganz zu erreichen.
Ja, so war es, auch er blieb, wie die beiden anderen, lange Zeit Gefangener einer bodenlosen Erschöpfung.

Als sie erfrischt ausstiegen, sahen sie – weit noch entfernt –, wie Agnes Lupinski auf ihr Haus zuging.
»Komisch«, sagte Alma Lupinski, »warum hat sie keine ordentlichen Schuhe an?«
»Vielleicht sollte sie sich mal kämmen«, sagte Mr. Odino.
»Da ist ein Hund bei ihr«, sagte Maximilian hocherfreut.

Teil IV

Agnes Lupinski blickt zurück

Was für ein Tag!

Sie konnte es immer noch nicht ganz begreifen.
Ihr schwirrte der Kopf.
Ja, schwirren, das war das richtige Wort.
Ein Kopf wie ein Insektennest.

Was für ein Tag!
Jetzt hier in ihrer Küche, auf ihrem Stuhl, hatte sie erstmalig für einen Moment Zeit, um die Ereignisse der letzten Stunden zu überdenken. Sie stützte die Ellbogen auf den Küchentisch und begrub das Gesicht in den Händen.
Was für ein Tag!
Beinahe hätte sie es laut gesagt.
Was für ein Tag!
Aber zu wem hätte sie das sagen sollen? Sie war ja jetzt allein in dem Haus …
Allein?
Nicht ganz …
Das Tier …

Sie musste zur Ruhe kommen.
Sie musste Land gewinnen.
Sie musste die Geschehnisse sortieren, die turbulenten Ereignisse in eine sinnvolle Reihenfolge bringen, damit ihr die Bilder, die Gesichter, die Laute, die der Tag angeliefert hatte, nicht weiterhin ungeordnet durch den Kopf schwirrten.

Was für ein Tag!
Wie ein verrückter Traum.
War das alles nur ein Traum?
Nein, es war kein Traum.
Das Tier war der Beweis und der Tote und – ach ja die Zigaretten auch.

Bei der Bekämpfung des inneren Aufruhrs wurde sie zusätzlich irritiert durch das leise Schnarchen, das aus dem Nebenzimmer zu ihr drang. Ein regelmäßiges, friedliches Geräusch, das sie unter anderen Umständen wahrscheinlich als beruhigend empfunden hätte. Jetzt aber, in ihrer Verstörung, wirkte seine Regelmäßigkeit wie der Taktschlag zu einer Ermahnung.
Agnes! Nimm! Dich! Zusammen!

Agnes Lupinski bekommt Besuch

Ein erneuter Versuch der Sammlung.
Sie rekapitulierte.

Kurz nach dem Auszug von Alma, Mr. Odino und Max – so hatte das, was wahrscheinlich nur ein kleiner Spaziergang werden sollte, auf sie gewirkt: wie ein demonstrativer Auszug – klopfte jemand an ihre Wohnungstür.
Ein leises zaghaftes Klopfen nur.
Wer konnte das sein?
Es hatte nicht geklingelt!

Sie öffnete die Tür.
Es war Irmgard.
Irmgard?!
Die war noch nie in ihrer Wohnung gewesen.
Obwohl die Betreuerin schon seit zwei Jahren im Souterrain bei Bärentrost lebte, hatte sie kaum je drei Sätze mit ihr gewechselt, allenfalls ein paar nichtssagende Floskeln, wenn sie ihr im Flur oder vor der Haustür begegnet war. Wenige Worte über das Wetter, mehr nicht und im Nu, noch bevor so etwas wie ein Gespräch hätte entstehen können, war Irmgard wieder entschwunden. Besser: weggehuscht. Geradezu fluchtartig.
Das ließ sich erklären. Es gab eine Regel. Bärentrost wollte keine »häuslichen Vermischungen«. So hatte Tante Alma das verhuschte Verhalten Irmgards begründet.

Diese Irmgard, die jetzt vor ihrer Türe stand, war hochgradig erregt, ja fassungslos. Sie zitterte, sie stammelte, die Augen waren weit aufgerissen, die Tränen liefen über ihre dicken Backen.
Nach einiger Zeit hob sich aus der wirren Stammelei für Agnes doch unausweichlich und eindeutig eine Nachricht hervor: Der Tod war ins Haus gekommen.
Großschwager von Bärentrost war tot!
Eine grausige Nachricht.

»… Und als ich vom Einkaufen zurückkam«, stammelte Irmgard und knetete ihre Hände, »lag er da so komisch auf seiner Liege im Arbeitszimmer … erst dachte ich, er schläft … aber auf dieser Liege hat er nie geschlafen, niemals, immer nur in seinem Bett … und dann diese Haltung … diese komische Haltung … diese abgespreizten Arme und Beine … und er war so regungslos, völlig regungslos, die Augen weit aufgerissen … ich hatte Angst … aber dann bin ich doch näher an ihn heran … da war kein Puls, keine Atmung …«

Da sei sie noch mehr erschrocken, fürchterlich erschrocken. Und sie verstehe das auch alles überhaupt nicht, weil er, als sie das Haus verlassen habe, noch keine Anzeichen … sonst wäre sie nicht gegangen … und sie sei auch gar nicht lange weggewesen. Nur ein paar Einkäufe für das Abendessen … höchstens ein Stündchen.

Das Wort ›Stündchen‹ stand schräg in ihrem horriblen Bericht.

Agnes hatte die weinende Irmgard behutsam zu einem Stuhl geführt und sie sanft auf den Sitz gedrückt und ihr Papiertaschentücher und ein Glas Wasser gereicht.

Auch nachdem Irmgard sich etwas beruhigt hatte, verschafften sich immer wieder einzelne Schluchzer Luft.

Allerdings – genau besehen –: Auf Agnes wirkte sie eher überfordert als traurig.

Ob sie den Arzt gerufen habe, hatte sie gefragt.

Ja, ja natürlich. Sie habe sofort versucht, den Hausarzt anzurufen. Da sei sie fast durchgedreht, weil erst immer besetzt gewesen sei … aber dann habe sie ihn doch erreicht, den Dr. Silbermuth. Der wohne ja bekanntlich gleich um die Ecke. Und der sei zum Glück auch sofort gekommen und habe Herrn von Bärentrost gründlich untersucht, habe dann aber ihre schreckliche Befürchtung, dass da nichts mehr zu machen sei, bestätigt. Der sei auch immer noch unten und schreibe irgendetwas auf, und der habe

auch gemeint, dass sie mal jemanden im Haus informieren müsse.
Sie habe zuerst bei Frau Alma Lupinski geklopft, aber die habe nicht reagiert … deshalb habe sie sich erlaubt, jetzt auch bei ihr zu klopfen … Irgendjemand müsse sich doch um die ganze Sache kümmern …
Ja, tatsächlich, »die ganze Sache« hatte sie gesagt.

Agnes Lupinski lernt Dr. Silbermuth kennen

Sie war mit Irmgard ins Souterrain gegangen. Großschwager von Bärentrost hatte noch immer auf der Liege gelegen – warum auch nicht? –, wie von Irmgard beschrieben mit ausgebreiteten Armen und Beinen, die Handteller himmelwärts. Als habe er sich dem Tod sorgfältig ergeben. Ein merkwürdiger Anblick. Agnes war Bärentrosts Abschiedsergebenheit ein wenig übertrieben erschienen, ja pathetisch. Jemand hatte seine Augen geschlossen.
Einen harten Todeskampf hat es hier nicht gegeben. Das hatte sie flüchtig gedacht und den Blick schnell wieder von der Liege abgewandt, von dem Verstorbenen, von dem Toten, von der Leiche, von …

An Bärentrosts Arbeitstisch saß der Arzt und schrieb. Irmgard stellte sie einander vor.
Ob sie mit Herrn von Bärentrost verwandt sei, fragte der Arzt.
»Er ist der Bruder des geschiedenen Mannes meiner Tante Alma Lupinski.«

Hätte sie sagen sollen: er »war« der Bruder …? Oder war das noch zu früh? Vielleicht war es noch nicht ganz wahr?
»Dann sollten wir nach Möglichkeit den geschiedenen Mann verständigen«, der Arzt unterbrach ihre Überlegung. Er nahm die Lesebrille ab und schaute zu ihr auf.
Der sieht verdammt gut aus, dachte sie und schämte sich sogleich, weil das ein sehr unangemessener Gedanke war, wenn man neben dem leblosen Körper eines gerade erst Verstorbenen steht, mit dem man zudem weitläufig verwandt ist.
Nein, sagte sie, den Bruder könne man nicht verständigen, der sei seit ewigen Zeiten verschollen und vor zehn Jahren für tot erklärt worden.
Ach ja?
War in diesem »Ach ja« eine kleine Nachdenklichkeit?
In diesem Fall, hatte der Arzt dann gesagt, sei es doch naheliegend, die Tante zu rufen.
Ja sicher. Aber leider – ihre Tante Alma Lupinski sei bedauerlicherweise im Moment auch nicht anwesend, was sehr ungewöhnlich sei, die habe in der letzten Zeit kaum je das Haus verlassen. Sie gehe jedoch davon aus, dass sie, also ihre Tante und ihr kleiner Neffe – Mr. Odino hatte sie unterschlagen –, bald wieder auftauchen würden. Jedenfalls hoffe sie, dass …

Sie war unnötig weitschweifig geworden, sie hatte das selbst bemerkt. Allerdings das konnte man auch der Aufregung zuschreiben, schließlich war man nicht oft in dieser Situation.
Der Arzt war aufgestanden, hatte ihr die Hand gereicht und mit einem, wie sie fand, feinen Lächeln – einen stär-

keren Gesichtsausdruck hielt er wohl im Beisein des Toten für nicht angemessen – gesagt, dass er aufbrechen müsse. Er habe einen Termin für eine Wohnungsbesichtigung. Sie wisse ja sicher, wie schwer es in diesen Tagen sei, eine halbwegs akzeptable und zudem bezahlbare Bleibe zu finden. Das müsse er unbedingt noch erledigen, bevor seine Sprechstunde wieder beginne.
War nicht auch er etwas zu redselig gewesen? Und hatte er ihr nicht für einen Moment länger in die Augen gesehen ... oder bildete sie sich das nur ein?
Aber es sei noch einiges zu regeln, und wenn es ihr recht sei, hatte er dann gesagt, wolle er später wieder hereinschauen, vielleicht wäre die Tante dann auch anwesend.
Ja, hatte sie gesagt, ja ja selbstverständlich, unbedingt solle er das tun, es wäre ihr eine große Hilfe, und dass das sehr nett von ihm sei.

Täuschte sie sich, oder hatte er ihre Hand etwas länger als nötig ...?
Nein, wehrte sie ab, sie wollte sich nichts dergleichen einreden, es gab genug Unwägbarkeiten in ihrem Leben, sie sollte sich nicht irgendwelchen neuen Trugbildern hingeben, eine neue Enttäuschung vorbereiten ...
In der Erinnerung sah sie nochmals, wie der Arzt das Souterrain verlassen hatte. Elegante Bewegungen, ein schöner Gang.

Sagte die gute Tante: Er ist erschöpft. Er schläft. Er war bei ihnen. Ich kann es riechen. Das hatten wir doch schon einmal. Müssen sich denn alle Schrecken immer wiederholen?
Sagte der Greis: Das ist nicht gut. Das ist gar nicht gut.

Agnes Lupinski ist mildtätig

Da sie nicht länger mit der fremden Frau neben der Leiche stehen wollte, hatte sie Irmgard gefragt, ob man nicht gemeinsam einen Tee oder einen Kaffee in ihrer Wohnung einnehmen sollte.
Irmgard hatte genickt.
Für Irmgard wäre ein Schnaps gut gewesen. Aber Agnes Lupinski hatte nichts dergleichen im Haus. Sie selbst hätte auch gern einen Schnaps getrunken. Oder zwei.
Eine Zigarette wäre noch besser gewesen, aber sie hatte die halbleere Packung des Besuchers weggeworfen.
Gesprächseinleitend hatte sie gesagt, dass Irmgard selbstverständlich weiterhin im Souterrain wohnen könne, bis sie eine geeignete Unterkunft fände.
Das war nett gemeint von ihr, hatte jedoch nicht die beabsichtigte Wirkung. Im Gegenteil. Die Aussicht, dort noch in den kommenden Tagen und Nächten zu leben, hatte Irmgard, das konnte Agnes spüren, eher erschreckt als beruhigt.
Nein, nein, das sei nicht nötig. Keinesfalls! Da müsse sich Frau Agnes Lupinski nicht um sie sorgen. Sie werde sicher bald wieder einen Job finden – Betreuerinnen würden gesucht – bis dahin könne sie zunächst bei einer Cousine wohnen, das sei eh schon geplant, da sie bei Bärentrost hatte kündigen wollen.
Ach ja? Agnes zeigte sich erstaunt. Warum denn das?
Da brach es aus Irmgard heraus. Man solle ja über die Toten nichts Schlechtes sagen, aber das Leben mit Herrn von Bärentrost sei in letzter Zeit immer – sie suchte nach einem geeigneten, nicht zu drastischem Ausdruck –

immer schwieriger, unheimlicher und bedrohlicher geworden. Er sei zunehmend unberechenbarer und unleidlicher gewesen. Er habe wilde Ausbrüche gehabt, stundenlang habe er laut herumgebrüllt und herumgetobt – unverständliches Zeug habe er von sich gegeben – über die maßlose Dummheit der Leute und die zunehmende allgemeine Verblödung und die absolute, globale, totale Hoffnungslosigkeit, die sich daraus ergäbe … und … na ja, den Horror, den die Zukunft bringe, und all so was … fürchterliche Prophezeiungen seien das gewesen. Sie habe da schon gar nicht mehr hingehört und es habe sie auch nicht sonderlich interessiert. Sie habe trotzdem, das könne man ihr glauben, korrekt ihre Arbeit gemacht. Sie sei nämlich sehr professionell. Das Wort »professionell« sprach sie sehr scharf und zischend aus. Aber ihre große Geduld und ihr eisernes Pflichtbewusstsein habe er nicht honoriert. Im Gegenteil. Manchmal habe er sie sogar direkt beschimpft, ja geradezu beleidigt. Er habe sie als dumme Pute und als doofe Kuh bezeichnet und wiederholt gesagt, dass sie ihn nicht so blöd anglotzen solle …
Also, Agnes Lupinski dürfe das nicht missverstehen und einen falschen Eindruck bekommen, sie habe in ihrem Beruf auch zuvor schon so mancherlei erlebt, und sie sei eigentlich immer sehr geduldig gewesen mit den Sonderlichkeiten der kranken Leute, die sie in all den Jahren betreut habe – ja, das könne sie ehrlich von sich behaupten, da könne sie jeden fragen –, aber der Herr von Bärentrost habe ihr Angst eingeflößt, und der sei ja immer noch wilder geworden … und was zu weit gehe … Wer bin ich denn, habe sie sich zuweilen gefragt, und ob sie das nötig habe … Schließlich habe sie eine gute Ausbildung genossen …

Dem folgte eine schier endlose Aufzählung ausgehend von ihren guten Schulnoten weiter zu allen erfolgreich überwundenen Aufstiegsetappen und Qualifikationsgipfeln bis hin zu den unterschiedlichsten Stationen ihrer jeweiligen beruflichen Tätigkeiten, Tätigkeiten? – ja, sie hatte wirklich »Tätigkeiten« gesagt, – die sie alle mit Sorgfalt und Gewissenhaftigkeit ausgeführt habe.
Ja, da habe sie so manches erlebt, davon könne sie lange erzählen …
Und das hatte sie dann auch getan.

Agnes Lupinski ist erschöpft

Irmgard war gegangen.
Das Gespräch hatte Agnes Lupinski erschöpft.
Sie hatte ihre ganze Geduld aufgebracht, als Irmgard nach der detailfreudigen Erzählung beruflicher Zumutungen bruchlos ins Private schwenkend noch eine langatmige Geschichte von einer unglücklichen, weil unerwiderten Liebe und einen ausführlichen Bericht von ihrer aufopfernden Pflege während des langen Siechtums ihres Vaters ablieferte.
Irmgard hatte eine halbe Kanne Tee und Agnes dreieinhalb Tassen Kaffee gelehrt.
Als Irmgard tatsächlich gegangen war, sie hatte sich schon auf eine Sitzung bis in die Nacht hinein gefasst gemacht, hatte Schweiß auf ihrer Stirn gestanden.
Irmgard hingegen hatte sich sichtbar erholt.

Als sie das Haus verließ, federten ihre Schritte.
Es blieb der Geruch ihrer Erregung.

Kopfschmerzen.

Sagte die gute Tante: Er ist aufgewacht. Er äußert sich nicht. Jedoch, ich ahne, wo der Junge war. Ich kann es immer noch riechen.
Sagte der Greis: Das ist nicht gut. Das ist gar nicht gut. Wird er wieder zu den Monstern gehen wollen?
Sagte die gute Tante: Ich glaube nicht.

Agnes Lupinski – Ja, was denn noch?

Agnes Lupinski war, nach dem Abgang von Irmgard – endlich! endlich! – wieder auf ihren Stuhl gesunken.
Sie hatte sich auch etwas beruhigt.
Lüften, tief atmen und nicht denken, einfach nicht mehr denken – nicht mehr über den Tod, oder über den Arzt oder über Irmgard nachdenken. Das hatte sie sich befohlen.
Im Rückblick erschien ihr das nahezu lächerlich. Aber sie konnte zu dieser Zeit nicht ahnen, was der Tag außerdem noch zu bieten hatte.

Sie hatte gerade angefangen, mechanisch das Geschirr zu spülen – eine Kaffeetasse, eine Teetasse, zwei Untertassen sowie zwei kleine Löffel –, als das Telefon klingelte.

Es war Ulli. Deshalb nahm sie das Gespräch an. Viermal im Lauf des Tages hatte Frederic versucht, sie telefonisch zu erreichen. Auch die vielen SMS, die sie ignoriert hatte, stammten von ihm. Dessen Gesprächswunsch hatte sie missachtet und ihr Gewissen beruhigt mit der Überlegung, dass sie ihn am Abend in Ruhe …
Aber Ullis Anruf konnte sie nicht ignorieren. Wurde auch Zeit, dass er sich mal erkundigte, wie es seinem Sohn geht.
– Hallo, Agnes.
– Hallo, Ulli.
– Was ich dich fragen wollte: Hat Max mit dir über Amerika gesprochen?
– Warum sollte Max mit mir über Amerika sprechen?
– Dann hat er dir also nichts gesagt von unserem Umzug.
– Kannst du mir mal sagen, wovon du redest?
– Wir gehen nach Florida.
– Waas?
– Die haben mir einen Traumjob angeboten, da konnte ich gar nicht nein sagen. Außerdem will Carol wieder dahin. Spätestens in zwei Monaten packen wir unsere Sachen und …
Sie unterbrach ihn.
– Wer bitte ist ›wir‹?
– Carol und ich und Max – also wahrscheinlich Max.
Beinahe hätte sie ihn gefragt, wer Carol sei. Aber dann war ihr doch rechtzeitig eingefallen, dass dies der Name seiner derzeitigen Geliebten war. Stattdessen stellte sie die ihr sehr viel wichtigere Frage:
– Was heißt ›wahrscheinlich‹ Max?
– Max will nicht.

– Er will nicht?
– Nein, er will nicht.
– Und nun? Wie stellt er sich das vor?
– Das ist das Problem. Er ist bockig, ich komme nicht an ihn heran. Er hat erschreckend klare Vorstellungen. Er sagt, dass er weiter in das Internat gehen will. An den Wochenenden will er dann zu dir und Tante Alma kommen, und in den Ferien könnte er ja auch bei dir leben und – das Folgende hat er sich richtiggehend abgequält – vielleicht wäre irgendwann auch mal ein kurzer Besuch bei uns in den USA drin. Vielleicht hat er gesagt. Verstehst du: ›Vielleicht!‹ und ›einen kurzen Besuch!‹. Kannst du ihn nicht zur Vernunft bringen? Du musst ihm deutlich sagen, wohin er gehört.
Agnes Lupinski wusste keine schnelle Antwort
– Hallo, Agnes – hörst du mich noch?
– Ja, ja, ich höre dich. Brüll nicht so. Ich muss nachdenken.
– Was gibt es da nachzudenken?
Es entstand eine Pause, in der Ullis Ungeduld schwer lastete.
Agnes fand wieder zum Wort.
– Ja, selbstverständlich, ich werde mit Max sprechen. Ich werde aber dieses Gespräch nicht erzwingen. Ich werde einen günstigen Moment abpassen. Und ich werde ihn in keine Richtung drängen.
Es entstand erneut eine unangenehme Pause. Eine sehr unangenehme Pause. Eine Pause, in der Ullis Wut dampfte.
Agnes gab ihrer Stimme einen entschlossenen Ausdruck, um seinem zu erwartenden massiven Widerspruch vorzubeugen:

– Ja, ja, ich werde mit ihm sprechen, und danach rufe ich dich an. Bis dann.
Ulli klang frostig.
– Bis dann.
Puh, was denn noch?

Was könnte sie dem Jungen sagen? Sie konnte ihn gut verstehen. Er mochte diese Carol nicht. Das Verhältnis zum Vater war auch nicht übermäßig herzlich. Kein Wunder, dass er nicht begeistert war.
Zudem, das soll nicht verschwiegen werden, kam auch ein Glück zu ihr bei dem Gedanken, dass Max an allen Wochenenden und eventuell auch in den Ferien gerne zu ihr kommen wollte. Andererseits – diesen Einspruch meldete die Stimme ihrer Redlichkeit – könnte er in Florida neue Möglichkeiten für sich entdecken …
Auch dieses Problem würde sie jetzt nicht lösen. Sie würde später darüber nachdenken.
Wann war später?

Ja, was denn noch?
Sie vergaß das Geschirr, das auf seine endgültige Säuberung wartete.
Ha – Ein kurzes böses Lachen.
Es war ja kaum zu glauben. Da hatte sie sich kürzlich noch über ihre ungewaschenen Haare und ungepflegte Fingernägel, über defekte Gerätschaften und eine smarte Küche aufgeregt – und jetzt?
Jetzt lag ein Toter im Souterrain, Max, Alma und der dubiose Mr. Odino hatten sich davongeschlichen, eine fassungslose Irmgard hatte in ihrer Küche Rotz und Wasser

geheult und die Tränen in einem endlosen Erzählstrom erstickt, Ulli hatte gemeldet, dass er mit Max in die USA gehen wolle, und – da war doch noch etwas gewesen? – ach ja, die Begegnung mit dem Arzt. – Nicht so wichtig.

Ja, so kann man sich belügen.
In Wahrheit hatte diese Begegnung ein kleines seelisches Gegengewicht zu den anderen horriblen Ereignissen geschaffen, es gab eine neue, ja, eine nahezu wärmende Grundierung ihres Gemüts.

Agnes und der Arzt, was immer daraus werden würde, wahrscheinlich nichts, aber das war nicht so ausschlaggebend. Es gab eine Belebung in ihr.
Sie spürte: da war doch noch Glut. Wider Erwarten.
Na, »Glut« war vielleicht etwas zu viel gesagt, aber sie könnte herauskommen aus der Lähmung.
Vielleicht.
Vielleicht müsste man sogar von einer Wiederbelebung sprechen.
Eine Wiederbelebung war noch möglich! Durch wen oder was auch immer.
Vielleicht.
Nur das schien sicher:
Frederics Karten wurden immer schlechter.
Und so toll war der Sex mit ihm ja auch nicht.
Aber diesen gegensätzlichen Impulsen konnte sie im Moment nicht auf die Spur kommen.
Sie war verwirrt,
nein, sie war verstört,
nein, sie war außer sich.

Sagte der Junge: Aber ich mochte den Kleinen. Können wir ihn nicht aufnehmen?
Sagte die gute Tante: Nein, das machen wir schon lange nicht mehr. Früher mal. Wir haben sogar einige von ihnen, die im Wald ausgesetzt wurden, großgezogen, aber das machen wir nicht mehr. Schon lange nicht mehr. Keinesfalls.
Sagte der Greis: Achte die Weisheit der Ahnen.

Agnes Lupinski ist misstrauisch

Und schon wurde Agnes Lupinski wieder eingeholt von den Sorgen. Das Grübeln ließ sich nicht eindämmen.
Verdammt – Wo blieben eigentlich Alma, Max und dieser Mr. Odino?
Und wer, bitte schön, war dieser Mr. Odino überhaupt?
Und was sollte diese affige Mr.-Anrede?
Ein Hochstapler?
Ein maskierter Gangster?
Ein Heiratsschwindler?
Sein Auftritt als feiner älterer Herr – nur ein übles Schmierentheater?
Was wusste sie über ihn?
Gewiss, er war eine Gestalt aus Tante Almas Vergangenheit. Das sprach zwar zunächst für ihn. Aber die Tante schien ja anfänglich auch nicht sonderlich begeistert von der Wiederbegegnung mit der Gestalt aus alter Zeit.
Da musste man sich doch einiges fragen:
Wie hatte er sich eingeschmeichelt bei ihrer Tante und vor allem bei Max?

Und war es nicht geradezu tückisch von ihm gewesen, wie er sich unter dem Vorwand der Wohnungssuche in dieses Haus geschmuggelt und den Kleinen für seine Zwecke gewonnen hatte?
Was hatte der vor?
Was musste sie befürchten?

Jetzt kam sogar eine kleine Panik über sie.
Hatte er Tante Alma und Max verschleppt?
Sie pfiff sich zurück. Das war wahrscheinlich etwas übertrieben. Kinderkrimikram. Warum sollte er so etwas tun wollen?

Und was könnte sie tun?
Da war ihr doch kürzlich etwas durch den Kopf gehuscht?
Ach ja, richtig, es fiel ihr wieder ein. Sie wollte im Internet einen Suchauftrag zu dem Namen »Odino« eingeben.
Sie klappte ihr MacBook Air auf.
Das Gerät funktionierte.
Es funktionierte?
Aber war das nicht eigenartig?
Hatte der Computer nicht kürzlich zusammen mit den anderen Geräten …?
Aber das fiel Agnes Lupinski in ihrer Hektik nicht auf.
Was genau sollte sie eingeben? Sie kannte nicht einmal den Vornamen von diesem Mr. Odino.
Odino? Was für ein absurder Name!
Sie gab schlicht »Odino« ein.
Die Maschine lieferte haufenweise unbrauchbaren Mist. Ein Hinweis auf irgendeine Mythologie allerdings nur in

italienischer Sprache, auf irgendwelche dubiosen Lokale, auf irgendwelche Zauberkünstler, auf irgendwelche Ratgeber, die sich mit diesem exotisch klingenden Namen eine Aura des Geheimnisvollen zulegen wollten … So kam sie nicht weiter.

Dann fiel ihr ein, dass er sich mit Prof. Dr. Odino vorgestellt hatte.

Und tatsächlich, den gab es.

Donnerwetter.

Ein tadelloser akademischer Lebenslauf tat sich auf. Eine lange Liste mit Verdiensten und Ehrungen und eine noch längere mit seinen Publikationen. Allerdings lag das alles schon sehr lange zurück. Schnee von gestern. Interessiert keine Sau mehr. Auch ein paar Fotografien aus seinen besten Zeiten tauchten auf. Der hatte mal ganz gut ausgesehen. Aber sie kannte ja, was daraus geworden war.

Aber, hoppla, was war das?

Was ließ sie hochfahren?

Die Auskunftsmaschine wäre beinahe von ihrem Schoß gerutscht.

Sie war auf ein brandaktuelles Foto gestoßen. Auf dem war nicht nur dieser Mr. Odino zu sehen, nein, es zeigte ihn gemeinsam mit Max und Tante Alma!

Sie starrte auf den Bildschirm.

Was sollte sie davon halten?

Sie konnte es kaum glauben.

Ein Witzbild?

Max, Tante Alma und Mr. Odino schauten ziemlich verblödet und gleichermaßen erschrocken in die Kamera, während hinter ihnen so etwas wie ein Feuerwerk zu sehen war.

Wo waren die?
Wo trieben die sich herum???
Was lief da ab?

Sie sprang auf.
Hilfe.
Das war zu viel!
Ich brauche Luft.

Sie schnappte sich den Hausschlüssel und stürmte aus dem Haus. In Pantoffeln.
Auch eine Jacke hätte sie sich überziehen sollen, denn draußen fegte ein kühler Wind den Müll über die Straßenränder.
Aber das nahm sie nicht wahr.

Sagte der Junge: Ich bin sicher, er mochte mich.
Sagte die gute Tante: Du musst ihre Liebe in gleichem Maß fürchten wie ihren Hass.
Sagte der Greis: Hüte dich, hüte dich, halte dich fern!

Agnes Lupinski

So jagte sie in ihren Pantoffeln und mit fliegenden Haaren über den Gehweg, nötigte, als sie die Straße überquerte, einen Radfahrer zu einem riskanten Bremsmanöver und rammte die Türe des Zigarettenladens mit ganzer Kraft auf, so dass sie Ärger mit einem sehr korpulenten bärtigen Mann bekam, der in diesem Moment das Geschäft verlassen wollte. Nur die Masse, das enorme Gewicht seines Körpers und die stramme Muskulatur hatten ihn im Gleichgewicht bleiben lassen, als er hastig zurückweichen musste, um den mächtigen Bauch aus der Gefahrenzone zu bringen.

Sie schaute ihn nicht an, als sie an ihm, dem Schimpfenden, vorbei stracks zur Verkaufstheke tobte. Ihr genuscheltes »Verzeihung« war nicht sehr überzeugend.

Der Hüne stieß beim Hinausgehen in einer fremden Sprache laute dunkle Flüche aus.

Aber das kümmerte Agnes einen Dreck. Sie klatschte den zerknitterten Geldschein, der sich gottlob zufällig in ihrer Jeanstasche befunden hatte, auf den Tresen und verlangte schnellen Wortes ihre alte Marke – immerhin es gab sie noch! – und Streichhölzer.

Die eigene Stimme war ihr fremd.

Wieder draußen, nur ein paar Schritte hinter der Ladentür, blieb sie abrupt stehen, riss wüst die Packung auf und fingerte nervös eine einzelne Zigarette heraus, so dass zwei weitere zusammen mit dem Verpackungsabfall zu Boden flatterten, was sie auch nicht beachtete.

Sie zündete sich im Windschutz ihrer Hände eine Zigarette an. Sie inhalierte tief.

Fast war sie dankbar für den Kopfschmerz, er gab ihr die Gewissheit, dass es sie gab.

Sie schlug langsam in sich versunken den Rückweg ein. Auch jetzt, wie schon auf dem Hinweg, nahm sie nicht den Gestank wahr, der von den Mülltonnen ausging. Die standen inmitten des Unrats, der eigentlich in sie hinein gehörte. Die Tonnen hatten sich vor den Haustüren angesammelt. Sie quollen mit oftmals hochgeklappten Deckeln über und gaben ihren Inhalt großzügig frei. Einige waren umgekippt und sahen aus, als würden sie den Müll auskotzen.

Offensichtlich war, wie so häufig in letzter Zeit, die Müllabfuhr mehrfach ausgeblieben.

Vielleicht bemerkte sie das nicht, weil sie abgelenkt war, ihre Aufmerksamkeit galt allein dem kleinen grauen Hund, den sie nach jedem vierten oder fünften Schritt vergeblich zu verscheuchen suchte.

Das ging schon viele Tage so. Immer, wenn sie das Haus verlassen hatte, war er unversehens hinter ihr aufgetaucht, war ihr gefolgt und war nicht zu verjagen.

Zurückgekehrt in ihre Wohnung, hatte sie ihn noch hören können. Er hatte sich dann jaulend die nächste halbe Stunde vor dem Haus herumgetrieben.

Auch jetzt ließ er sich nicht verscheuchen. Jedes Mal, wenn sie stehenblieb, sich zu ihm umdrehte, leicht in die Knie ging, mit nach außen gedrehten Handflächen schaufelnde Bewegungen machte und mit scharfer Stimme »lauf, lauf weg« rief, blieb er zwar zurück, wandte sich wie geniert etwas ab, kam aber, kaum war sie weitergegangen, erneut heran, folgte ihr beharrlich und war ihr bald wieder dicht auf den Fersen.

Diesmal allerdings – das konnte sie sich nicht verbergen – war sein Gang sonderbar, ja mehr als sonderbar, sein Gang war – sie sah genauer hin – erbarmungswürdig wackelig.

Sie blieb stehen.

Sie ging in die Hocke.

Sie schaute sich das Tier genau an.
Sie erschrak.
Himmel, dachte sie, der ist ja völlig fertig, der arme kleine Kerl.
Der Hund war bis auf die Knochen abgemagert, er zitterte, und sein Fell war räudig.
Sie weinte.
Zum zweiten Mal an diesem Tag kamen die Tränen.
Sie nahm den erschöpften Hund vorsichtig hoch und trug ihn in ihre Wohnung. Dort legte sie ihn neben der Heizung auf ein dickes Kissen.
Sie gab ihm Futter.
Sie gab ihm Wasser.
Er trank.
Er fraß.
Dann schlief er.

Was war denn das?
Was war es nur?
Eine Irritation.
Eine Krise?
Ein Zeichen?
Der Beginn eines Dramas?
Der Anfang aller Übel?

Ein Verhängnis?
Eine Verheißung?

Sagte die gute Tante: Gut wäre, wenn sie uns vergäßen.
Sagte der Greis: Das wird erst sein, wenn sie uns endgültig ausgelöscht haben.

Teil V

Eine gesellige Runde

»… und als ich nach all dem das Gefühl hatte, keine Luft mehr zu bekommen und die Kopfschmerzen mich fast um den Verstand brachten, bin ich wie eine Furie losgestürmt und habe mir Zigaretten gekauft. Besinnungslos.
Auf dem Rückweg lief mir der arme Hund nach.«
So beendete Agnes ihren langen Bericht über das, was sich in der Abwesenheit der anderen ereignet hatte.

Der arme Hund lag jetzt auf dem Schoß von Max, der ihn liebevoll hinter den Ohren kraulte.
Agnes war so froh, nicht mehr allein zu sein mit all den Problemen, die sie in den letzten Stunden bestürmt hatten, dass sie die Frage, wo sich die drei anderen in dieser Zeit aufgehalten hatten, vergaß.

Mr. Odino wandte sich an Max und zeigte auf den Hund.
»Es tut mir leid, aber mit einem Wolf hat der keine Ähnlichkeit. Ganz und gar nicht. Wenn ich die Größe und die Schlappohren in Betracht ziehe, dann möchte ich fast meinen, dass sich ein Spaniel unter seinen Vorfahren befunden haben könnte. Ich habe eine gute Idee. Du könntest ihn Flush nennen. Das ist der Titel einer Spaniel-Biographie, die die britische Autorin Virginia Woolf Anfang der dreißiger Jahre des letzten Jahrhunderts schrieb.«
Bei dem etwas mokanten Ton Mr. Odinos – was belustigte ihn so? – hatte das Tier kurz den Kopf gehoben, hatte aber, als ihm Max beruhigend über den Kopf streichelte,

nur geblinzelt, befriedigt geschnauft, die Augen wieder geschlossen und die Schnauze zurück auf sein Bein gelegt.
Max bestrafte Mr. Odinos gelehrte Ausführung mit Missachtung.
Aber von Alma Lupinski bekam Mr. Odino eine Quittung.
»Der Name passt nicht. Man muss genau hinsehen. Offensichtlich ist es deiner professoralen Aufmerksamkeit entgangen, dass es sich um eine Hündin handelt.«
»Ich nenne sie Laika«, sagte Max entschieden.
»Das war der Name der Hündin, die die Sowjets im Weltraum haben verglühen lassen«, sagte Mr. Odino.
»Das wissen wir schon«, sagten Alma und Max im Chor.

Mr. Odino spürte, dass er sich nicht mehr auf gesichertem Terrain befand.
Er spürte, dass das Dachgeschoß zunehmend seine Anziehung verlor.
Er spürte, dass er vorsichtiger sein sollte mit seinen spitzen Anmerkungen und überflüssigen Belehrungen.
Er spürte: Der Hund veränderte alles.

Agnes Lupinski hat keine Kopfschmerzen mehr

Agnes Lupinski entspannte sich zunehmend. Sie hatte auch keine Kopfschmerzen mehr. So wie sie nun, nachdem sie ihren erleichternden Bericht der Tagesereignisse abgeliefert hatte, alle vereint hier drinnen wohlwollend beiein-

ander in der Küche saßen, reichte die Atmosphäre fast in die Gemütlichkeit. Diese Empfindung wurde unterstützt durch den Kontrast zum Draußen.
Dort hatte sich der frische Wind, der schon bei ihrem Gang zum Zigarettenladen aufgekommen war, zu einem veritablen Sturm gesteigert.
Gut, dachte Agnes Lupinski, dass das arme Hündchen dem nicht mehr ausgesetzt ist.
Der Sturm pfiff und heulte und peitschte.
Harte Schläge von umstürzenden Tonnen, scheppernden Blechen und herunterkrachenden Dachziegeln.
Die leichten Teile des Straßenmülls tanzten vor dem Fenster.
Nicht weit entfern jaulte eine Sirene.
Draußen.
Aber sie waren ja drinnen.

Der gerettete Hund

Alma rückte näher zu Max und sah sich die Hündin auf seinem Schoß genau an. Ein scharfer prüfender Blick.
Wir sollten sie von einem Tierarzt untersuchen lassen. Sie ist erschreckend dünn, und das Fell sieht auch nicht gut aus.
Max nickte.
»Ich behalte Laika«, sagt er mit fester Stimme.
»Wie stellst du dir das vor? Ins Internat darfst du sie nicht mitnehmen, und dein Vater …«
Max unterbrach sie:

»Das ist mir scheißegal. Wenn er mir Laika wegnimmt, haue ich ab.«

Das war, man konnte es spüren, ernsthaft seine Absicht.

»Das wirst du schön bleiben lassen. Wir werden eine Lösung finden.«

Agnes war gespannt darauf, welche Lösung ihre Tante dafür finden würde.

Dann stellte sie sich kurz vor, wie Ulli auf diese Neuigkeit reagieren würde. Er wird schäumen. Ja, er wird schäumen. Schließlich war es ihre Schuld – und er wird darin eine »Schuld« sehen –, dass der Hund ins Haus kam. Aber gleich darauf dachte sie, seine Wut wird mir am Arsch vorbeigehen. Sie hätte beinahe laut gelacht, als sie sich den schäumenden Ulli vorstellte.

Jetzt aber, dachte sie, gab es doch noch einige Fragen, die sie klären sollte.

Und wiederum vergaß sie zu fragen, wo das Trio sich herumgetrieben hatte.

Allerlei Fragen

Agnes Lupinski wandte sich zu ihrer Tante.

»Wusstest du, dass Irmgard die Absicht hatte, bei Bärentrost zu kündigen?«

»Ja, das wusste ich, er hatte sich sogar mit einer Agentur in Verbindung gesetzt und erwartete stündlich eine neue Betreuerin. Ist die schon aufgetaucht?«

»Nein.«

»Auch kein Anruf von einer Agentur?«

»Nein.«

Die nächste Frage: Agnes senkte die Stimme.
»Wusstest du, dass Ulli nach Florida übersiedeln will?«
»Nein, aber es passt zu ihm. Irgendwie gehört er da hin. Und hast du nicht neulich erzählt, dass seine aktuelle Gespielin Amerikanerin ist? Oder gibt es mal wieder eine Neue? Er ist ja sehr wechselfreudig.«
In solchen Momenten vergaß Alma Lupinski gerne, dass auch sie in früheren Lebensphasen erotisch sehr wechselfreudig gewesen war. Jedenfalls hatte sie, das war unverkennbar, keine gute Meinung von Ulli.
Aber diese Abneigung verbarg sie sorgfältig vor Max.
Nachdem sie sich vergewissert hatte, dass der intensiv mit der Hündin beschäftigt war und sie nicht hören würde, fragte sie leise:
»Kennt Max diese Pläne seines Vaters?«
»Ja. Aber das ist unheimlich. Er spricht nicht darüber. Kein Wort. Ich habe es auch erst erfahren, als Ulli mich angerufen hat.«
Agnes machte eine Pause, dann sagte sie: »Max will nicht.«
»Du meinst, er will nicht in die USA?«
Agnes nickte.

Die unterlassene Frage

Zeitweilig vergaßen alle beide etwas: Im Souterrain lag ein Toter.
Alma fand als Erste zum Ernst der Lage.
»Du hast noch gar nicht gesagt, woran Bärentrost gestorben ist.«

»Ja«, sagte Mr. Odino, »das wollte ich auch schon fragen.«
Agnes schaute sie verwirrt an.
»… Ich muss überlegen …«
Alma wollte ihr helfen.
»Was hat Irmgard dazu gesagt?«
Agnes zögerte.
»… Ja, was hat Irmgard dazu gesagt …?«
Agnes wiederholte verlegen die Frage.
»Merkwürdig. Jetzt, wenn ihr mich so fragt. Sie hat zwar endlos geredet, aber – du liebe Güte – wenn ich es recht bedenke, nein, nein, sie hat kein Wort über die Todesursache verloren. Kein Wort.«
»Und der Arzt, hat der sich geäußert?«
»Nein, nein, ich glaube, nein, der auch nicht. Ich habe ihn allerdings gar nicht danach gefragt, obwohl das doch so naheliegend ist, das fragt man doch als Erstes, wenn jemand überraschend stirbt, woran der gestorben ist. Warum habe ich ihn das nicht gefragt?«
Sie schüttelte den Kopf.
»Mein Gott, der Arzt wird sich gewundert haben über mich, dass ich ihn danach nicht gefragt habe, wahrscheinlich hält er mich jetzt für völlig verblödet …«
Alma wunderte sich auch. Denn die Frage nach der Todesursache schien Agnes nach wie vor nicht sehr zu interessieren, eher schon die Frage nach dem Eindruck, den sie bei dem Arzt hinterlassen haben könnte.

Alma sah Agnes mit geschärftem Blick an, dem gleichen Blick, mit dem sie zuvor den Zustand des Hundes geprüft hatte.

Was war mit ihrer Nichte geschehen? Sie machte einen etwas ramponierten Eindruck. Die unruhigen Augen, die nachlässige Körperhaltung, die fahrigen Bewegungen; sie sollte sich kämmen und den Lack auf den Fingernägeln erneuern. So kannte sie Agnes nicht. Die hatte immer großen Wert auf eine gepflegte Erscheinung gelegt. Was hatte sie aus der Bahn geworfen? Was war ihr so zu Herzen gegangen? Der Tod Bärentrosts? Dann schon eher Ullis Absicht, nach Florida umzusiedeln. Na ja, und dann noch der arme Hund. Die Erschöpfung ihrer Nichte war verständlich. Sie hatte wahrhaft das Recht auf ein wenig Erholung.
Das aber hieß, dass sie selbst die Dinge in die Hand nehmen musste. Das war ja nichts Neues.
»Hat der Arzt gesagt, wann er hier wieder auftauchen will?«, fragte sie Agnes.
»Nein, aber ich denke, er wird sich bald melden.«
»Wenn du willst, kann ich das regeln, da musst du dich nicht mehr bemühen. Ruh dich aus.«
Das war gut gemeint.
Aber Agnes reagierte unerwartet. Nein, das wollte sie nicht. Nein nein, sie wolle anwesend sein, wenn der Arzt käme, auf alle Fälle.
»Ist ja schon gut«, sagte Alma verwundert.
Mr. Odino hatte mitgehört.
»Hm. Todesursache unbekannt. Wird das noch ein Krimi hier?«
Alma reagierte ungehalten.
»In diesem Haus liegt ein Toter. Könntest du wenigstens für heute Abend alle humorvollen Ansagen unterdrücken?«
»Ach ja«, sagte Agnes, »auch das hätte ich fast vergessen. Irmgard hat erzählt, dass Bärentrost, kurz bevor sie das

Haus verlassen habe, in ein mächtiges Gelächter ausgebrochen sei.«
Irmgard habe keinen Grund für diesen Lachanfall erkennen können und habe sich gefürchtet.
Was sollte man davon halten?
Allgemeine Ratlosigkeit.
»Ich geh mal schnell duschen«, sagte Agnes und verschwand im Bad.

Kurz darauf klingelte es.
Alma öffnete die Türe.
Dann ging sie mit Dr. Silbermuth ins Souterrain.

Agnes hatte die Türklingel nicht gehört. Das laute Gebläse ihres Föhns hatte sie übertönt.

Maximilian Artem wird älter

Max hatte mitgehen wollen ins Souterrain.
Warum?
»Ich habe noch nie einen toten Menschen gesehen.«
Alma fand diese Idee nicht gut.
»Der Zeitpunkt, zu dem du genötigt sein wirst, einen toten Menschen zu sehen, kommt früh genug. Der arme Bärentrost ist kein allgemeines Anschauungsobjekt.«
Alma fielen erfreulicherweise noch weitere Argumente ein – ganz auf Max zugeschnitten –, die ihn davon abhalten sollten, mit hinunter ins Souterrain zu steigen.
»Nein, du bleibst hier bei deiner Laika. Die sollten wir noch

nicht allein lassen, und die Treppen sollte sie in diesem Zustand auch nicht laufen müssen. Außerdem hast du den Mann nicht gekannt und, wie gesagt, es gehört sich nicht, die Neugier auf diese Weise zu befriedigen.«
Das wirkte.

Was Alma nicht wissen konnte: Da war keine Sensationsgier bei Max.
Es war widersprüchlich: Er wollte den Toten nicht sehen, um die Neugier zu befriedigen oder um den Tod zu begreifen, sondern in der Hoffnung, ihn distanzieren, ja verharmlosen zu können. Er hatte nämlich Angst, dass das Hündchen auf seinem Schoß sterben könnte. In dem Tod dieses alten Mannes, von dem die Rede war, wollte er eine Opfergabe sehen. Einen Stellvertretertod.
Wie seltsam sind sie doch, die Spukverläufe der Angst!
Diese Sorge um das Hündchen, eine Sorge, die er bislang nicht kannte, eine lastende Sorge, die ihn erstmalig erreichte und überkam, hat ihn ruckhaft älter werden lassen.
Ja, hätte Alma vermutlich weise gesagt, wenn sie diese neuen Empfindungen ihres Enkels gekannt hätte, ja, das Älterwerden verläuft in Schüben, nicht stetig.
Und noch etwas kam neu in das Leben ihres Enkels: Die Bereitschaft zur Rechenschaft über das eigene Wollen und Tun. Er wuchs zum Richter in eigener Sache.
Das wusste er jetzt:
– Dass er nicht mit seinem Vater und Carol nach Florida auswandern wollte, auf keinen Fall. Aber das hatte er zuvor auch schon gewusst.
– Dass er Laika behalten würde, auf jeden Fall.

– Dass er sein Smartphone und seinen Computer wieder in Gang setzen würde.
– Dass er nicht mehr so scharf darauf war, das Dachgeschoss zu erkunden. Er könnte ja noch hin und wieder etwas Brauchbares finden, aber so richtig wichtig waren ihm diese Suchsensationen nicht mehr.

Was er nicht wusste: Der Lockruf der Wildnis würde nicht mehr zu ihm dringen.
Laika sei's gedankt.
Das wiederum wusste Alma, seit sie ihn mit dem Hündchen auf seinem Schoß gesehen hatte.

Alma Lupinski und Dr. Silbermuth

»Grimmiger Tilger aller Leut, schändlicher Ächter aller Welt, furchtbarer Mörder aller Menschen …«
Diese Anklage gegen den Tod, die der tapfere Ackermann aus Böhmen einst vorbrachte, war Alma immer in den Sinn gekommen, wenn sie den endgültig leblosen Körper eines geliebten Menschen ansehen musste.
Jetzt aber, als sie nachdenklich vor der Leiche ihres Schwagers stand, verbot sich diese Anklage. Sie betrachtete leicht vorgebeugt ihren toten Schwager ganz genau.
Es war seine Haltung. Als habe er den Besuch des grimmigen Tilgers gewollt. Als habe es zuvor schon ein abgründiges Bündnis gegeben.
Plötzlich spürte Alma dringlich, dass jemand ihre nachdenkliche Betrachtung betrachtete. Sie hob den Kopf.

Ja, so war es. Der Arzt prüfte ihre Reaktion auf das, was sie sah.
Alma richtete sich auf und sah dem Arzt direkt in die Augen.
»Ja«, sagte sie, »dann ist es wohl so.«
Sie nickte. Daraufhin nickte der Arzt auch.
Alma fand ihn sympathisch.
Klimawechsel.
»Woran ist er gestorben?« Alma fragte das in dem sachlichen Ton, mit dem man eine konfliktfreie geschäftliche Besprechung zum einvernehmlichen Abschluss bringt.
»Hm, ja, Herzversagen. Er hatte ein schwaches Herz, und er hat sich nicht geschont. Ich habe ihn oft ermahnt, er möge sein Temperament etwas zügeln, die Aufregungen meiden, aber das hat ihn offensichtlich nicht beeindruckt. Die Haushälterin erzählte mir einmal, als Herr von Bärentrost auf der Toilette war, dass er immer häufiger richtige Tobsuchtsanfälle gehabt habe.«
Almas Antwort klang sortiert und gefügig. So als gäbe es ein Drehbuch zu diesem Dialog.
»Ja, das hat sie meiner Nichte auch erzählt. Ich kann das auch bestätigen: Er war nicht zu bremsen, und er hat es so gewollt. Sicherlich, er hat es so gewollt. Da war nichts zu machen.«
Das Gespräch nahm einen weiterhin gepflegten und vorhersehbaren Gang.
Es gab noch dies und das zu regeln. Und es war kaum eine halbe Stunde vergangen, da sich der Arzt höflich verabschiedete. Er hinterließ seine Visitenkarte.

Alma Lupinski und die Erinnerung I

Warum hatte sie seit kurzem immer dieses Bild aus alter Zeit vor Augen? Dieses Zimmer. Dieses einsame Zimmer. Dieses bloßgestellte Zimmer. Wann hatte sie das gesehen?

Ein Bild aus der Kindheit. Als sie in den Trümmern des Zweiten Weltkriegs gespielt hatte. Was streng verboten war. Aber ergiebig. Die unheimlichen Hinweise auf die Luftschutzkeller, die kleinen Funde im Schutt der Trümmer und die unendlich vielfältigen Verstecke.

An einigen halbzerbombten Häusern war die äußere der Straße zugewandte Mauer weggebrochen und gab den Blick frei auf einen vormals friedlich bewohnten Raum.

Warum hatte das bloßgestellte Zimmer sie damals so bewegt? Dieser unerbetene, gewaltsam ermöglichte Einblick in die verlorene Friedlichkeit hatte etwas Indiskretes, ja Obszönes. Aber diese Begriffe kannte sie als Kind nicht.

Die Empfindung schon.

In dem Raum, der neuerdings wieder deutlich durch ihre Erinnerung geisterte, standen ein kleiner Schrank und ein schmales Bett und ein zierlicher Tisch und zwei gleichermaßen zierliche Stühle und ein brauner Kachelofen. Und dann war noch neben dem Bett ein Nachtschränkchen zu sehen, auf dem stand eine kleine Vase, und in der standen vier Blumen – vier! da war sie sich ganz sicher – aber die Blumen standen ja gar nicht, sie hingen schlaff über den Vasenrand mit geknickten Hälsen steil und tief herunter, so tief, dass sich die verrotteten Blütenkelche auf der Tisch-

platte spreizten. Die kleine Vase war grün, ja, grün. Da war sie sich auch ganz sicher.
So nett, so friedlich und unbeschädigt und zudem farbig knallte das halbierte Zimmer aus der rußigen Schwärze all dessen heraus, was es umgab, und so fremd, ja, so fremd hing es in der verbrannten Ruine. Weil sich dieser übriggebliebene Teil eines Raums inmitten der Trümmerlandschaft so unbeschädigt heraushob und den Blicken darbot, war es, als würde er gehalten von einer unsichtbaren Aufhängung.
Ein Blick in die Innereien eines vergangenen Alltags.
Hatte sich das Kind, das sie gewesen war, gefragt, ob der Mensch, der dort einmal wohnte, die Bombennacht überleben konnte? Vielleicht nicht, aber das Bild war geblieben.

Alma Lupinski und die Erinnerungen II

Alma Lupinski gehörte nicht zu jenen gefürchteten Alten, die die Menschen in ihrer Umgebung ständig und ungebeten mit Geschichten aus ihrer Vergangenheit behelligten. Im Gegenteil, sogar sich selber hatte sie oft daran gehindert, das Gewesene erinnernd in ihr derzeitiges Leben zu locken. Das lebensgeschichtliche Gedächtnis, davon war sie überzeugt, ist unzuverlässig, voller Trugbilder und Ausblendungen. Eine fragwürdige Legende. Gerade im Alter müsse man die Rückblicke eindämmen, damit noch eine kleine Zukunft sein könne.
Es wäre möglich, dass sie es sich mit dieser Überzeugung zu leicht gemacht hatte.

Könnte sie das Kapitel Bärentrost abschließen? Kann man Kapitel der eigenen Vergangenheit so abschließen wie die Kapitel eines Romans?
Zeitweise war ihr das ganz gut gelungen.

Jedoch: Der Tod Bärentrosts ebenso wie das überraschende Auftauchen Mr. Odinos hatten ihr viele Erinnerungen an vergangene Tage aufgenötigt. Ereignisse, Bilder, Töne, Gerüche.
Dagegen war willentlich nichts zu machen.
Zudem: Völlig unerwartet war eine Figur aus einer weit zurückliegenden, fast vergessenen Phase ihres langen Lebens leibhaftig vor ihr erschienen.
Geisterhaft?
Nein, so weit wollte sie nicht gehen. Obgleich es ihr immer noch rätselhaft war, was den zu ihr getrieben hatte. Das hatte sie mehr verwirrt, als sie vor sich selbst zugab. Es war, als habe jemand mehrere Türen aufgestoßen und für heftige Zugluft gesorgt.

Aber was sollte sie mit dem Kerl anfangen, den es in ihr Haus getrieben hatte und der sie jetzt störte, aus ihren Gedanken riss?
»Odino, kannst du mal aufhören, so eine Unruhe zu verbreiten? Seit zwei Stunden schnürst du ununterbrochen durch das Haus und schnüffelst überall herum. Was soll das? Suchst du irgendetwas?«
»Ja, meine Pfeife.«
»Ach gut. Hoffentlich findest du sie nicht. Ich kann auf diesen Mief verzichten.«
»Wenn ich sie nicht finde, besorge ich mir eine neue.«

»Du wirst hier in der Nähe kein Geschäft finden, in dem du eine brauchbare Pfeife kaufen kannst.«
»Dann kaufe ich sie dir im Internet«, sagte Max.
Das kommentierte Alma nicht.
Mr. Odino freute sich. Er hatte die Zuneigung des Jungen doch nicht ganz verloren.

Und noch ein oder zwei Fragen

»Wirst du wieder an deiner Übersetzung arbeiten?«, fragte er Alma.
»Ja, das werde ich tun.«
»Hast du vor, sie zu veröffentlichen?«
»Das interessiert niemanden mehr. Und mich selbst auch nicht.«
»Und, Odino«, sagt Alma, »was wirst du tun in der nächsten Zeit?«
Ein Blick ins Leere.

Alma Lupinskis Bilder

Da war noch etwas, das Alma beschäftigte. Die drei Bilder, die Max im Dachgeschoss aufgestöbert hatte. Die hatte sie sich zeigen lassen. Ihre spontane Vermutung, als Max ihr die Bilder beschrieb, hatte sich bestätigt. Es waren Bilder aus der Hand ihrer Freundin. Die Bilder hatte sie bewundert in deren Atelier. In Rom! Dort hatte sie die Freundin einst besucht. Vor mehr als zwanzig Jahren. Die Malerin hatte damals an einem Zyklus mit Tierbildern gearbeitet. Hauptsächlich Hunde und Wölfe. Allerdings war auf dem einen der drei Bilder, die jetzt vor ihr standen, frontal ein Bär zu sehen.

Die Freundin hatte sich damals gefreut über ihre Begeisterung. Daran erinnerte sie sich genau. Und sie glaubte auch, sich erinnern zu können, dass sie eben diese drei Bilder besonders hervorgehoben hatte. Und sie hatte auch gleich eine Art Legende zu den Tierbildern erfunden. Diese Tiere, so hatte sie die Bilder gesehen, seien Reisende, sie seien auf dem Weg in eine bessere Welt. Sie hatte ihre Ausführungen vornehmlich gestützt auf ein bestimmtes Bildmotiv. Zwei Wölfinnen in einer kosmischen Landschaft – auch sie Auswanderer –, die schon weit gekommen waren auf dem Weg in neue Sphären und die ein letztes Mal zurückblickten zur alten Erde. Sie hatte natürlich noch weitere Bildanalysen geliefert, die ihre Legende stützen sollten. Sie hatte sich wirklich Mühe gegeben, die Malerin mit ihren ausgreifenden Deutungen zu erfreuen. Das war ihr auch gelungen damals. Obwohl die Künstlerin ihre Legende nicht bestätigt hatte. Natürlich. Das machten diese Künstler ja nie.

Sie hatte die drei Bilder kaufen wollen, obwohl sie in dieser Zeit wenig Geld besaß. Sie hätte sich das Geld geliehen. Aber ein Museum hatte den Kauf der ganzen Serie in Aussicht gestellt. Und so wurde nichts daraus. Und so hatte sie die Bilder vergessen. Und so die Freundin auch – na ja, beinahe. Sie hatte nie wieder etwas von ihr gehört. Was wohl aus ihr geworden war?

Rächte sie sich jetzt, die Entschlossenheit, mit der sie einzelne Lebensetappen hinter sich gelassen hatte, ohne sich je einen Rückblick zu gestatten? War Entschlossenheit das richtige Wort? Sie hätte es gerne durch das Wort Radikalität ersetzt. Aber wahrscheinlich war Kaltblütigkeit das zuständigere Wort. Vielleicht hatte sie sich belogen. Und die Bilder blamierten sie jetzt.

Aber davon mal abgesehen, wie, zum Teufel, waren die Bilder auf den Bärentrost-Dachboden gekommen?

Ein Rätsel.

Basta.

Agnes Lupinski im Pech

Was sollte sie davon halten. Sie war geneigt, sich selbst bösartig auszulachen. Geht das?

Da war sie ins Bad geeilt, um sich wieder in einen kultivierten Zustand zu bringen, hatte die Haare gewaschen und geföhnt, hatte sich etwas Ordentliches angezogen, hatte sich sogar High-Heels-Sandaletten zugemutet, hatte sich geschminkt, hatte ihr Spiegelbild passabel gefunden – und als sie wieder aus dem Bad gekommen war, hatte man ihr mitgeteilt, dass Dr. Silbermuth bereits dagewesen und wieder verschwunden war.

Pech, nein Mist, nein Scheiße.

Für einen Moment war sie maßlos wütend gewesen. Auf wen? Auf Tante Alma? Auf sich selbst? Auf Dr. Silbermuth?

Das alles war lächerlich für eine nicht mehr ganz junge Frau, eine Frau in den Vierzigern.

Auch etwas erniedrigend. Der ganze Aufwand, und dann läuft sie nach einer leicht übertriebenen Verschönerung ins Leere.

Sie beruhigte sich etwas. Schließlich hätte sie sich die Haare ja auch gewaschen, wäre die Rückkehr des Arztes nicht zu erwarten gewesen.
Hätte sie?
Wahrscheinlich.
Und war es nicht so, wie Tante Alma gesagt hatte, dass sie sich ja nur in Dr. Silbermuths Sprechstunde begeben müsste, wenn sie mit ihm reden wolle, oder noch direkter, dass sie ihn ja anrufen könne, für den Fall, dass sie noch Fragen habe. Würde sie das tun?
Mal sehn.
Sie hatte ihre Enttäuschung wohl doch nicht ganz verbergen können. Tante Alma hatte sie durchschaut.

Agnes begann, ihre Fingernägel zu feilen.
Die Ereignisse des Tages?
Das alles ist surreal und doch so nah, dachte sie.
Ja, das traf ihre Empfindung: surreal und doch so nah.
Nach der Maniküre, das war ihr eiserner Vorsatz, wollte sie Frederic anrufen.
Es würde ein sehr anstrengendes Gespräch werden. Und traurig auch. Wie immer, wenn etwas zu seinem Ende kam. Wahrscheinlich würde er auf einer Aussprache bestehen. Von Angesicht zu Angesicht. Und darauf hatte er auch ein Recht.
Ja, traurig war das.
Aber auch befreiend.
Dann sprangen ihre Gedanken wieder zurück zu dem Moment, in dem sie Bärentrosts Leiche gesehen hatte.
»Bärentrosts Leiche«, murmelte sie.
»Ja und?«, fragte Alma, »was ist damit?«

Agnes schreckte auf. Sie hatte vergessen, dass sie nicht allein in ihrer Küche war.
»Ich finde es verwirrend. Wenn man vor dem Körper eines Menschen steht, der eben erst gestorben ist, und sich dann sagt: Das ist jetzt seine Leiche. Die Leiche? Was ist das? Ist der das noch? Ist der das nicht mehr? Frivol gefragt: Wie viel Bärentrost ist da noch dran? Bärentrosts Leiche? Das sagt man so. Aber es hört sich doch immer merkwürdig an, als wäre da noch einer, so als gäbe es einen Bärentrost, der eine Leiche besäße.«
»Ja«, sagte Mr. Odino, »das ist immer so eine Sache mit Genitivus subjectivus und Genitivus possessivus.«
Vielleicht sollte ich den Kerl doch wieder zurück auf seine neapolitanische Klippe schicken, dachte Alma.

Stattdessen schickte sie ihn zunächst nur ins Souterrain mit dem Auftrag, die dicht beschriebenen Kompendien und Notizblöcke Bärentrosts zu sichern. Die waren ihr während des Gesprächs mit dem Arzt aufgefallen.
»Wenn du willst, kannst du seine Schriften auch schon mal oberflächlich sichten und ordnen«, hatte sie gesagt.
Mr. Odino wollte. Ja, das war mal ein Auftrag ganz nach seinem Geschmack.

Agnes Lupinski wird belehrt

Er hatte sich nicht gesetzt. Sie hatte einladend auf den Stuhl gewiesen. Aber er hatte sich nicht gesetzt. Er hatte sich aufgebaut vor ihr, nicht angeberisch, nicht breitbeinig, seine

Hände waren nicht in den Hosentaschen gewesen – aber doch imposant.
Vielleicht hätte sie Frederic gleich zu Beginn des Gesprächs von der Unumstößlichkeit ihrer Trennungsabsicht überzeugen sollen. Vielleicht wäre ihr dann sein großer Vortrag, eine Mischung aus Mahnung und Zurechtweisung und Erpressung, erspart geblieben.
Aber sie hatte ihn schonen wollen. So weit wie möglich. Denn ohne Kränkung, das wusste sie, konnte eine Trennung ja nicht abgehen. Aber das Gespräch hatte sich ganz anders entwickelt, als sie sich das in ihren inneren Probeläufen vorgestellt hatte.
Kaum dass sie sich mit zwei, drei behutsamen Sätzen in die Richtung der beabsichtigten Erklärung vorgetastet hatte, hatte er losgelegt, und sie war vorübergehend verstummt.
Das Folgende müsse er ihr doch einmal in aller Deutlichkeit sagen. Er habe sich lange genug zurückgehalten. Er habe sehr wohl ihre schwankenden Stimmungen in der letzten Zeit bemerkt. Aber auch sie müsse sich irgendwann einmal entscheiden.
ER sei es, der ihr ein sorgenfreies Leben bieten könne. Eine gute Zukunft. Wo und wie die auch immer stattfände. ER sei flexibel. ER ließe ihr da jede Freiheit. ER könne ihr auch jederzeit einen guten Job besorgen, wenn auch nicht im Buchwesen. Das sei eine Dinosaurierbranche. Auch das müsse sie endlich mal kapieren.
Pause.
Drei Schritte zum Fenster, ein seherischer Blick gen Himmel, als sei von dort ein Hinweis zu erwarten, wie man eine so Verstockte zur Vernunft bringen könne, drei Schritte zurück, neue Aufstellung.

Da sie stumm geblieben war, hatte er den Vortrag wieder aufgenommen.
ER habe schon ein beträchtliches Vermögen angehäuft. Warum habe er das gekonnt? Weil ER immer die richtigen Instinkte gehabt habe. ER habe an der Börse früh gewusst, früher als andere, dass es die wichtigen IT-Unternehmen waren, auf die man setzen müsse. Im Gegensatz zu jenen, die blind und träumend durch ihr Leben stolperten, sei ER den Ansprüchen der Zukunft gewachsen.
Der Blick, den er ihr jetzt gegönnt hatte, wies sie in die Traumabteilung.
Und auch darüber müsse sie sich langsam mal klarwerden: Jetzt sei eine Zeit der großen Umbrüche, jetzt sei eine Zeit des großen Entweder-Oders, jetzt sei eine Zeit, in der auch sie sich entscheiden müsse. Bevor der Zug endgültig abgefahren sei. Bald schon gebe es deutlich nur noch Gewinner oder Verlierer. Sie müsse sich überlegen, ob sie den Rest ihres Lebens in dieser aus der Zeit gefallenen verstaubten Hütte, bei ihrer alten Tante vermodern wolle. Und in dieser Hütte vollzögen sich ja auch die merkwürdigsten Geschehnisse.
Sie hatte wieder zum Wort gefunden.
Was er denn mit »Geschehnisse« meine, hatte sie gefragt. Und gedacht: »Geschehnisse« – was für ein blödes Wort.
Na, das sei doch alles sehr merkwürdig, der Alte im Souterrain habe den Löffel abgegeben, und ein anderer Greis mit Hut, ein Mr. Odino – allein der Name sei doch ein Witz –, der das Haus zuvor tagelang ausgespäht habe, sei eingezogen, und sie, also Agnes, qualme sich wieder die Seele aus dem Leib.

Sie hatte gestaunt.
Woher er das denn alles wissen wolle, hatte sie gefragt.
Er habe kürzlich in der Gegend zu tun gehabt und habe in dem Zigarettenladen eine Zeitung gekauft, und dort seien die Ereignisse in diesem Haus das Gesprächsthema Nr. 1 gewesen.
Konnte man das glauben?
Der Kerl hatte geschnüffelt.
»Ich warte auf deine Antwort«, hatte er zum Schluss noch gesagt.
Die Wut über ihre Trennungsabsicht hatte eine grausige Verwandlung bewirkt. Der Frederic, der soeben ihre Wohnung verlassen hatte, war dem zwar etwas affigen, aber doch auch freundlichen Mann, den sie seit einem Jahr zu kennen glaubte, nicht einmal mehr ähnlich. Wie ausgewechselt, der Typ.
War dies nun sein wahres Ich?
Gab es ein »wahres Ich«?
Kann man sich so täuschen?
Ja klar.
Peng.
Er hatte sogar die Wohnungstür zugeschmissen, weil er ihre Antwort schon kannte.
Im Großen und Ganzen aber hatte er vermutlich recht, dieser schlaue Großkotz. Ja, der war ganz vorne! Kann man das so sagen?
Agnes Lupinski lehnte sich zurück und zündete sich eine Zigarette an.

»Hast du dir seine Aufzeichnungen angesehen?«
Mr. Odino nickte
»Ja. Wenn man das liest, gewinnt man eine Vorstellung von seinen Tobsuchtsanfällen. Der Mann war nicht dumm. Aber immer, wenn man ihm zustimmen will, kommt man wieder davon ab, weil er so maßlos übertreibt. Ein Wilder. Über Strecken führt er auch Dialoge mit sich selbst. Das könnte ganz amüsant sein, jedoch es fehlt der Zweifel und die Distanz. Er ist mit jedem Buchstaben überzeugt von sich. Er stellt sich nie in Frage; manchmal sind seine Niederschriften auch etwas albern. Oft erstickt eine aufkeimende Klugheit in seiner Selbstgerechtigkeit.«
»Das kann ich mir vorstellen.«
»Kannst du dir auch vorstellen, dass sein Bruder Titus noch am Leben ist?«
»Wie bitte???«
»Er deutet das an. Es gibt eine Stelle in seinen Niederschriften, die das nahelegt. Mir scheint auch, dass er die Dialoge gar nicht so sehr, wie behauptet, mit sich selbst, als vielmehr mit seinem untoten Bruder führt.«
»Das ist doch Humbug. Gespensterkram. Und völlig unerheblich. Selbst wenn Titus noch lebte, er wäre uralt – bedenke, er war dreizehn Jahre älter als ich. Seine Kräfte dahin, seine Tage gezählt. Außerdem, so wie ich ihn erlebt habe, könnte er mich auch als Wiedergänger nicht schrecken. Den würde ich noch immer in die Flucht schlagen.«
»In die Flucht? Na, das ist dir ja schon einmal ganz gut gelungen.«
»Nimm dich in Acht!«

Mr. Odino lachte.
»Ein großartiges Zeitdokument ist das nicht. Ich glaube kaum, dass sich ein Verlag oder ein Archiv für die Ausbrüche Bärentrosts interessieren könnte. Wirst du sie lesen?«
»Selbstverständlich. Und ich werde sie in Ehren halten.«
»Und nach dir?«
»Vielleicht werden sich später einmal Agnes oder Max dafür interessieren.«
»Und dann?«
»Wer weiß?«

Und dann?

Was soll schon sein?
Für eine kurze Zeit trieb der Wind zusammen mit dem Müll noch ein paar Gerüchte durch die Straße. Vor allem in dem Zigarettengeschäft wurden sie genüsslich ausgeschmückt. Da wurde geflüstert:
– Dass der totgesagte Titus von Bärentrost wiedergekommen sei und seinen Bruder gewaltsam mit sich genommen habe.
– Dass ihn dieser unheimliche Mr. Odino in einen kleinen grauen Hund verwandelt habe.
– Dass Irmgard Glassplitter oder Gift in die letzte Mahlzeit Bärentrosts gemischt habe, als Lohn für dessen Quälereien …
Und etliches mehr, das so versponnen war, dass man es nicht einmal weitererzählen mochte.

Sagte der Greis: So kann es gehen.

Das Traumbild der Alma Lupinski

Da segelte es durch ihren Traum, das stolze Schiff beladen mit den nie gekannten Schriften.
Warum hat man sie nicht kennen können?
Ein Krieg, der das Haus, den Autor und den Text vernichtete.
Ein Eigenbrötler, der einzig für sich selbst schrieb.
Eine Autorin, die so verlieblicht oder verschattet oder marginalisiert leben musste, dass sie nicht nur kein Zimmer für sich allein haben, sondern überhaupt keinen Platz im Leben anderer einnehmen durfte.
Mörderische Verheerungen, Vulkanausbrüche, Überschwemmungen, Erdbeben, flächendeckende Brände, Schlammlawinen, ein kollektiver Gedächtnisverlust und Ähnliches mehr hatten diese Lektüren aller Augen entzogen und mit sich genommen, und ein gütiger Geist hat sie sodann auf das verwunschene Schiff geladen …
So gleitet es durch den Traum im Mondschein mit geblähten Segeln.
Das Schriftgeisterschiff.
Gleichsam.

Wohin?
Das wird man nie wissen können.

Ja wahrhaftig, das ist eine schöne kleine Phantasie.

Und es ist gut, dass es keine zweite Sicht auf unsere Traumbilder geben kann, denn andernfalls hätte sich sicher irgendein Arschloch gemeldet und behauptet, dass es sich um einen elenden alten Kahn handele, der an vielen Stellen, notdürftig repariert, kurz davor sei, endgültig abzusaufen.